胸騒ぎのオフィス

1

国内屈指のデパート銀座桜屋《ぎんざさくらや》は、昨年の春にリニューアルオープンしてからも、改革の手を止めることがなかった。

老舗《しにせ》の高級店としての気品や威厳《いげん》を保ちつつ、次世代を担う若者達にも気軽に足を運んでもらえるようにと、各売り場の担当者達が常にアイデアを出し合い切磋琢磨《せっさたくま》している。

デパートマン達が奔走するその姿は、ちょっとした企業ドラマのようだ。

三十歳を目前に控えた百目鬼杏奈《とどめきあんな》は、こんな職場に通えるだけで毎日ワクワクしていた。

派遣契約の一事務員でしかないが、微力でもできることをしたい、ベストを尽くしたいと思い、日々の仕事に向かえることが嬉しかったのだが……

最近、オフィスの空気がかつてないほどピリピリしていた。

原因は、一週間後に迫った通称〝御前会議《ごぜんかいぎ》〟だ。社長を筆頭に、専務、常務の前で行う社内プレゼンテーションがあるのだ。

銀座桜屋は来期、創立百周年を迎える。それに向け、各部署が勝負をかけた企画発表を行う。

特に杏奈が派遣されているここ、宝飾部門の企画販売室では、かつてない試みをしようとしていた。

それは、〝Real Quality〟という人気服飾ブランドとのコラボレーション企画だ。〝Real Quality〟は、ここ数年で二、三十代の女性から絶大な支持を集め、一躍有名ブランドの仲間入りを果たした新進気鋭のブランドである。

銀座桜屋の宝飾部門企画販売室ではこの企画を通し、老舗《しにせ》デパートとしての高価格品だけでなく、手の届きやすい価格の商品を展開して、これまで来場が少なかった年齢層を引き寄せようと考えていた。

もっとも、この類《たぐい》のことなら、すでにどこでもやっている。

それなのに、どうして皆がこれほど緊張しているのか、周囲の人は首を傾げるかもしれない。

だが、銀座桜屋には他のデパートと大きく違う点があった。

それは、銀座桜屋の成り立ちに関係がある。今は亡き、銀座桜屋の創立者・桜川一《さくらがわはじめ》は、もともと〝桜川宝石店《さくらがわほうせきてん》〟の経営者でありデザイナーだった。そこからデパート業界へ進出し、一代で今日の銀座桜屋の基礎を作った。

そのため、初代会長となった桜川一は、要《かなめ》となる宝飾部門だけは自社ブランドである〝ジュエリー・ＳＡＫＵＲＡ〟の商品にこだわった。これを銀座桜屋の看板にしていたこともあり、創立以来宝飾部門では、〝ジュエリー・ＳＡＫＵＲＡ〟以外のブランドは扱っていないし、テナントも入っていないのだ。

今も宝飾デザイン・製作部門に関してだけは、創立者一族が引き継いでいる。

現在、陣頭指揮をとっているのも、社長の弟にして専務取締役の桜川統次《とうじ》チーフデザイナーだ。

つまり、銀座桜屋では、他社ブランドの導入や協賛企画を通すことが他のデパートとは比較にならないくらい難しいのだ。

しかし、だからといって、このピリピリさはいただけない。

杏奈は作業中、幾度もため息を漏らしていた。

空気が重くて、息苦しくなる。

「あー、もう。何よ、これ苛《いら》つく。本当、使えない」

杏奈の向かいの席では、パソコンを前に年配の女性チーフ・石垣《いしがき》が独り言を繰り返していた。

本人は小声のつもりかもしれないが、杏奈の耳にははっきりと聞こえてくる。いったい何に追われているのかはわからないが、叩きつけるようなキータッチからは、余裕のなさが窺《うかが》えた。

（石垣チーフ。普段はこんなじゃないのに……）

杏奈は気を逸《そ》らそうと横を見た。

すると、今度は杏奈から一つ席を空けた隣で、声を荒らげる男性社員、平塚《ひらつか》の姿が目に入った。

彼は杏奈と同い年だ。

「だから、必要なのは〝Real Quality〟の最新コレクション資料。これは二期前のコレクションじゃないか。いったい何、見てるんだよ。デザインのモチーフを見ればすぐにわかるだろう。わからないのは、勉強不足だぞ」

「すみませんでした。勘違いしました。すぐに最新のものを用意します」

平塚に注意されていたのは、今年入ったばかりの男性社員だった。

もともと宝飾関係の知識はなく、たまたまここに配属されたらしい。そのため彼は、ようやく自社製品を覚えたかどうかというところだ。そんな状態で他社製品のことを言われても、お手上げだろう。

興味のない者には、どれもこれも似たり寄ったりにしか見えないのが宝飾品だ。

ネックレスはネックレスだし、リングはリングだ。それ以外の何ものでもないだろう。

とはいえ、銀座桜屋はブランドモチーフである〝桜〟のデザインを一貫して使い続けている。その点、自社製品は覚えやすい。叱られた彼も時間とともに愛着が湧くだろう。

つまり、銀座桜屋の宝飾部門が〝ジュエリー・SAKURA〟のみで勝負してきたのも一つの戦略なのだ。

一目見てどこの商品かわかるモチーフ。これはブランドとして不可欠な要素だ。

桜のモチーフは屋号や会社のロゴマークにも使われているだけに、ここに一石を投じるのは難しい。

だが、創立百周年を機に何かしらの変革をしなければという焦りがあるのも確かなのだが――それにしても、だ。

「頼むぞ！　マジで。これぐらい一目でわかるようになっておかなきゃ、コラボも何もない。たとえ御前会議に通っても、〝Real Quality〟側から真剣味がないってそっぽ向かれたら、それで終わるんだからな」

平塚が仕事熱心なのは伝わってきたが、その荒い口調からは、イライラや焦りも伝わってきた。

「はい！　わかりました。すぐに集め直してきます」

叱られた社員は一礼し、平塚に背を向ける。

そのまま急いで部屋を出たのだが、廊下に出たと同時に彼の舌打ちが聞こえた。部屋の中の空気がいっそう尖ったものになる。

特に平塚の機嫌は最悪なものになったようだ。

杏奈は視線をパソコン画面に戻すと、いっそう深いため息をついた。

（あーあ。みんな、よっぽどテンパってるのね）

派遣の杏奈を入れて、一室八人が集《つど》う部署だ。いつもは皆、あてつけがましく舌打ちをするようなことはない。

今の彼にしても、きっとミスをした自分にイラついて出てしまったのだろう。が、どうにもこうにも間が悪かった。叱られた腹いせにしか聞こえない。

「百目鬼。このデータ資料、先日渡した書類に追加してくれるか。まとめて明日中に返してくれればいいから」

「はい。わかりました」

ぶっきらぼうに資料を渡してくる平塚に、杏奈は条件反射で笑みを浮かべた。

すると、平塚が何を思ってか、しみじみ言った。

「いいよな、派遣は気楽で」

思わずカチンとする。

杏奈の眉が吊り上った瞬間、平塚が〝やばい〟という目をした。

(結局、当たり先はこっち⁉)

いつになく顔に出てしまったが、それでも言葉に出さず、グッと我慢する。

ここで肯定しようが、否定しようが、平塚の機嫌が悪くなることは目に見えている。

それならどちらとも取れない会釈《えしゃく》だけをして、仕事に専念するほうが得策だ。

(そう思うなら、あなたも派遣仕事をやったらいいじゃない。こっちはリスクもデメリットも覚悟の上で、派遣業をしてるんだから)

その後は、意識して仕事に集中した。

与えられた仕事が楽かどうかなんて、当事者にしかわからない。

そもそもどんな仕事であれ、楽な仕事なんてないと杏奈は思っている。それを楽しくこなすには、自分でモチベーションをコントロールするしかない。何に、どこに、やり甲斐を見出《みいだ》すかは、自分次第だ。

特に杏奈は、ワードやエクセル、パワーポイントなどを使用した書類作成や事務処理、経理記帳を専門にしていた。二言目には「誰でもできる仕事だ」と言われてしまう分、いかに早く正確に、また綺麗に仕上げるかに心血を注いだ。

単純作業だからこそ、作業効率とミスのなさの追求が、やり甲斐を生み出す自分の中での基準になっているのだ。

ただ、効率を上げれば上げただけ、社員がやるべき雑務を回されてしまう率も上がる。できないことのフォローではなく、やりたくないことのフォローに使われることも多々発生する。これを上手く躱《かわ》すのは、自分の仕事で満足するよりはるかに難しい。今の杏奈にとっては一番の課題だ。

(ふー。終了。嶋崎《しまざき》室長から頼まれる仕事は、あれこれと注文が多いけど、それだけ内容が詰まっているから、仕上がると達成感が違うわ。けど、最近ちょっとしたミスが多いのよね。前はなかったのに……。よっぽど疲れてるのかしら？　これも御前会議の影響かな)

一つの仕事を終えて、手を止めた。

ホッと息を漏らすが、それは先ほどついたため息とは明らかに違う。

(疲れた。目がショボショボする)

普段なら一区切りしたところで、お茶でも淹《い》れようかと席を立つ。

しかし、今日は室内に漂う不穏な空気におされて、そんな気になれない。

杏奈は眼鏡を外して、専用のハンカチでデジタルガードレンズを拭うと、すぐにかけ直した。

実際、今日中に終えてしまいたい書類の清書や伝票整理は、あと三点あった。できれば明日の仕事をスムーズにするためにも片付けてしまいたい。

そうでなくても、御前会議のプレゼンテーションは一週間後、来週の月曜日だ。杏奈の手元にあるものは、どれもこれもそこで使われるものなので、少しでも余裕をもって依頼主に戻しておきたかった。

（もう三時近いのか。気合入れてやっちゃうか。さっきのこれも、明日中でいいって言われてたけど、少しでも早く仕上げたら、平塚さんの機嫌が直るかもしれないし）

休憩は取らずに、パソコンの画面を切り替え、次の仕事に移った。

するど、突然立ち上がった石垣から、二、三センチぐらいの厚みを持った紙束を突きつけられた。

「百目鬼さん。このアンケートの回答、今すぐ集計して要点をまとめて戻してちょうだい」

さも当然のように寄越される。

だが、厚みが厚みだけに、笑顔で受け取ることができなかった。

「今すぐですか」

「そうよ。できるでしょう、これぐらい」

石垣はこの企画室のみならず、銀座桜屋の中でも女帝的な存在だった。

営業上がりで、勤続年数は二十余年になる。五十代前半だが、どんなときでもきちんとメイクをし、タイトなスーツを着こなして、常に自分の存在をぶれないものにしている。小奇麗でいて貫録もあり、誰もが認める〝デキる女〟だ。

一度は寿《ことぶき》退職したものの、その後上司からの声かけで復職した。今はチーフの座に甘んじているが、ブランクがなければ確実にもっと上の役職についていたであろう、会社にもお客様にも求められて勤める、真のデパートウーマンだ。

ただ、そんな優れた石垣ではあったが、事務の仕事の経験はないらしく、この手の無茶ぶりが多かった。

これまでも何度となく「すぐにはできません」「ものによって、石垣チーフが思っている以上に時間がかかります」と説明してきたが、どうも忘れてしまうらしい。

もしくは、「すぐに」が口癖なのかもしれない。

「一時間もいらないわよね」

「すぐに」が一時間以内と設定されるようになっただけ、かなりマシだ。

それでも突きつけられた書類の厚みからみて、一時間で終わるとは思えない。

中身を確かめてから、所要時間を交渉しようと杏奈は思った。

しかし、石垣の気の短さは室内でもダントツだ。杏奈がすぐに「はい」と言って手を出さなかったこの間にも、彼女の顔つきはみるみる変わっていく。

「なによ、その顔。これぐらいテキパキやってもらわなかったら困るのよ。それに、こんな誰にでもできる仕事、こっちはあなたでなくてもいいのよ」

そうして今日も言われてしまった、お決まりのセリフ。派遣社員にとっては、水戸黄門の印籠《いんろう》にも匹敵する威嚇《いかく》であり脅し文句だ。

——なら、他を当たってください。

さらりと言って辞められたら、さぞ胸がスッとするだろう。しかし、現実はそういうものではない。

杏奈はここでもグッと我慢をした。

無理矢理笑顔を作って、席を立つ。

「すみません。一時間以内というお約束はできませんけど、極力早くまとめるように努力しますので、それでよろしいでしょうか」

「そう。でも、必ず今日中には上げてね」

言われるまま用紙を受け取り、ざっと中身に目を通す。

（うわっ。これって店内アンケートも入っているじゃない。ネット回答分だけじゃなかったのね。半分は手書きだし、どう頑張っても一時間じゃ無理だって）

こうなったら今日までに終えたかった三点は、サービス残業をするか明日の午前中に作業するしかない。家には持ち帰れないし、かといって先にもらっているほうに遅れを出すわけにもいかない。

唯一の救いは、それらの戻しは明日中であればいいということだ。

「あの、石垣チーフ。このアンケートなんですけど、ネット回答分のデータをメールしていただけますか？」

「それがあったら自分でやってるわよ。うっかり消しちゃったから頼んでるの。少しは察してよ」

せめて半分あればと思いきや、「気が利《き》かないわね」と言わんばかりにふて腐れられた。

どうやら先ほど石垣がブツブツ言って殺気をまき散らしていたのは、この回答データが原因のようだ。

「すみませんでした」

杏奈の笑顔が歪んだまま固まった。

（だったら初めからそう言えばいいじゃない。データの一部を消しちゃったから、悪いけどお願

いって。それなら二つ返事で〝はい〟って言えるのに）

両手にずしりと重いアンケート用紙を、キーボードの脇へ置く。

こうなったら、刷り出しがあるだけマシと思おう。不幸中の幸いだと考えなければいけない。何をどうやって削除したのかはわからないが、今までの経験上、消えたデータを探すぐらいなら、手元にあるものをまとめたほうが早いはずだ。

杏奈は諦めてアンケートの束をパラパラと捲《めく》った。

〝ジュエリー・SAKURA〟に関する年代別アンケート。価格からデザイン、品質までと、いつになく細かい。回答者の大半が来店客で、中高年の女性だ。だから手書きが多いのだろう。

内容を確認すると、石垣が急《せ》いてきた理由は一目瞭然《いちもくりょうぜん》だった。

これもまた、御前会議用の資料に使われるものだったのだ。

しかも、プレゼンテーションの核になるであろう部分。

「今日中に終わるわよね？」

息を呑んだ杏奈に、石垣が不安と緊張を込めて確認してきた。

杏奈が「はい」と返事したと同時に、軽やかな声がかぶった。

「やだ〜、石垣チーフ。それぐらいでしたら、私に言ってくだされればいいのに」

女子高生でも引くような甘ったるくて高い声を響かせたのは、銀座桜屋一の美人社員と言われる三富《みとみ》だった。

綺麗に巻かれ乱れることのないセミロングの髪に、くりっとした双眸《そうぼう》。その目は長いまつ毛で彩《いろど》られ、パッチリしている。

身長は標準だが、色白でほっそりとしていて、華奢《きゃしゃ》な印象だ。

当然のことながら、男性社員の中ではアイドル的存在になっている。短大卒入社二年目ということもあり、〝恋人にしたい〟やら〝妹にしたい〟キャラのナンバーワンだ。

そんなルックスと持ち前の愛嬌で、彼女は入社以来〝ジュエリー・SAKURA〟の売り場担当をしている。

だが、今日ばかりは、そのテンションの高さが仇《あだ》になった。

「三富さんは担当違いでしょう」

石垣が深いため息をついた。

「だって、チーフ。たまにはデスクワークがしたいんですもの〜。いつも一日立ちっぱなしで、足がパンパンなんですよ。もう、百目鬼さんが羨《うらや》ましい。ずーっと座ってお仕事ができるなんて」

「でしたら今度、一日交代してみましょうか。私、売り場の経験もあるので代われますよ」

杏奈は適当に笑って返した。

「本当!?　百目鬼さんってば、もしかしてスーパー派遣さん？　けど、さすがにここはお任せできないわ。銀座桜屋は歴史と伝統ある高級店よ。その辺の激安ショップと一緒にされても困るもの。販売員のルックスも、ふさわしくないとねえ〜」

アイドル並みの笑みを浮かべて、キャハッと返してきた三富に悪気はない。

それはこれまでの付き合いで、十分杏奈も理解していた。

だが、思ったことは素直に全部口にしてしまう三富の辞書には、一般的にあっておかしくないだろう、失礼・後悔・反省の文字がどこにもない。

こんな会話が日々繰り返されて、二年近くも続いたら、そろそろ堪忍袋の緒も擦り減ってくる。

この職場で未だに一度もキレていないところで、杏奈の忍耐力や受け流し力はそうとう高いと評価できるが、それでもこの短時間のうちに、平塚、石垣、三富と続くとさすがにきつい。

杏奈が誇る鉄壁の作り笑顔も崩れそうだ。

そろそろぶち切れのカウントダウンに入っている。

（いや、待て。落ち着け私。直《じき》に契約が終わるのよ。秋から更新しなければ済む話よ。それまでの我慢だし辛抱よ。たかが派遣、されど派遣、波風立てずに消えていくのが私の身上でしょう！）

心の中で呪文のように唱《とな》える。

それでも無意識のうちに、利《き》き手を握り締めるぐらいは許されるだろうと思いたい。

杏奈は、「そう。なら仕方ないわね。三富さんにしかできない仕事だもの、頑張って」と言おうとした。だが――

「あ、そろそろ戻らなきゃ。せっかくの休憩なのに、立ち話で終わっちゃった。では、みなさん、ご機嫌よう～」

三富は言いたいことだけ言うと、すっきりしたのだろう。こぼした愚痴《ぐち》に反して足取りも軽く、再び売り場に戻って行った。

杏奈は渾身《こんしん》の笑顔と嫌味《いやみ》をぶつける前に、さらっと逃げられてしまう。

ただ、こんな三富ではあるが、彼女は彼女なりに一流デパートの売り場に立っているという自負があるらしく、自分磨《みが》きに余念がない。

それは、入社以来一度も乱したことのないヘアセットやメイク、ネイル一つにも表れている。給料やボーナスで自社製品を買って身に着け、日々〝ジュエリー・SAKURA〟の看板娘に徹し、またそれを維持し続けている。

仮におしゃれが趣味や生き甲斐、習慣であったとしても、そこには間違いなくプロ意識がある。長い髪は三つ編みにして一纏《ひとまと》め、メイクはファンデーションにほんのり色づくリップだけという手抜きな自分からしたら、女性の鑑《かがみ》だ。

――と、懸命に三富のいいところを探すことで、杏奈は体内に溜《た》まっていくストレスをどうにかごまかしていく。

（そう。悪気がないんだから仕方がないの。実際彼女は綺麗だし、可愛いし、何より若い。平塚さんだって仕事熱心のあまり熱くなってるだけだし、石垣さんも以下同文。契約が切れればそれきりの私とは、立場も責任も違うんだから。ここは踏ん張りどころよ。とにかく、今の山は御前会議。やれるだけのことをやらないとねっ!!）

杏奈は握り締めていた拳《こぶし》を解くと、回答データの束を手に取った。

よし！　と気合を入れて、パソコンに新たなエクセル画面を出す。

だが、ようやく気を持ち直したところで、「百目鬼！」と呼ばれた。

これで四人目！　悪気がないのは十分承知だが、どうしても「今度は何よ！」という気分になってしまう。杏奈は、噛みつきそうな勢いで振り返った。

「はい。なんでしょうか」

「預けた書類、指示通りに要点をまとめ直してくれたか？」

相手は三富と入れ違うように部屋へ戻って来た、宝飾部門企画販売室室長・嶋崎博信《ひろのぶ》だった。

背後には彼の友人で、今回の企画に一枚噛んでいるらしいと噂の常務、桜川陽彦《はるひこ》が控えている。

「はい。こちらにできてます」

「見せてくれ」

直《じき》に三十五歳になる嶋崎は、銀座桜屋の社員にしては珍しく、大学中退での入社だった。

大学在学中に父親が交通事故で他界したため、学業を続けられなかったらしい。それでも、元東大生だ。

入社当時から逸材ぶりを発揮し、今のポジションまで昇ってきたという、超がつく実力派だ。

突出して目立つようなハンサムではないが、中肉長身でルックスそのものは悪くない。

言動がはっきりしていて、常に態度が一貫しているためか、同性の受けもいい。

長年宝飾部門を担当しているだけあり、さりげなく付けられたカフスやタイピンひとつをとっても洒落《しゃれ》たものが多い。いつ売り場に出て、お客様と接するかわからないという立場もあって、常にワイシャツはピンとノリがきいており、ネクタイもきちんとしている。

清潔感の中にも、完成された男の色気があって、当然のことながら婚活中の女性社員には大人気だ。

「自分でも頑張れば手が届くかもしれない」というほどよい距離感や存在感がいいらしく、彼と同期入社である派手なイケメン社長子息、桜川陽彦と、人気を二分《にぶん》している。

杏奈がこの職場を「企業ドラマみたいだ」と思う要因のひとつは、間違いなくこの嶋崎にある。

そして、この嶋崎が浮かない個性派ぞろいの部下達——お局《つぼね》の石垣や空気が読めない三富、直情型の平塚に疲労困憊中《こんぱいちゅう》の新人などなど——の存在も。

「あ、室長。予算集計で数ヵ所ミスがありましたので、こちらで直してます。該当箇所に付箋《ふせん》を貼っておきましたので……」

杏奈は、嶋崎が付箋のついたページを開いたので、席から立ち上がった。

聞かれる前にと思い、一言添えたのだ。

嶋崎の肩越しに、「お前がミスなんて珍しいな」と、陽彦が書類を覗く。

「これ見よがしに言わなくても、見ればわかるよ。気が利《き》かないな」

よほど嫌なことでもあったのか、疲労が溜《た》まっていたのか。それともそばに桜川がいたからなのか、嶋崎が吐き捨てるように答えた。

思いがけない返事をされて、杏奈の中で何かが切れた。

そう、騙し騙し繋《つな》いできた〝堪忍袋の緒〟だ。

「〝ありがとう〟が先でしょう」

喉《のど》もとで止めたつもりだったが、しっかり声になっていた。

「え？」

嶋崎が目を通していた書類から顔を上げ、杏奈の顔をマジマジと見てきた。

石垣や平塚も、杏奈を見ている。

――まずい！

杏奈はすぐに笑ってごまかした。

「失礼しました。次からは気をつけます。では、急ぎの仕事がありますので」

軽く会釈《えしゃく》をして、その後は一心不乱に作業をした。

嶋崎は書類を手に、何度か杏奈に視線を向けていたようだが、結局それ以上言ってくることはなかった。

2

その日の夜のことだった。

杏奈は一時間ほどサービス残業をして、本日の業務を終わらせた。

「お疲れ様でした。お先に失礼します」

石垣から回された回答データは内容が細かく、思いのほか手間取った。そのため、予定していた三点までは手が回らず、明日中に仕上げることに決めて会社を出たのだ。

そうして杏奈が向かった先は、独り暮らしの賃貸マンションではなく六本木《ろっぽんぎ》だった。月火木金の四日間、老舗《しにせ》のナイトクラブでアルバイトをしている。

「マスター。おはようございます」

「おはよう。杏奈」

雑居ビルのワンフロアを使って営業している〝六本木サンドリヨン〟は、今で言うところのキャバクラとは違う。

かといって、バブル期前に流行《はや》ったような高級クラブやキャバレーとも違い、派手に着飾ったホステス達がナンバーワン争いに火花を散らすようなギスギスした店ではない。

設定価格はかなり良心的で、小洒落《こじゃれ》たダイニングバーに、小奇麗な身なりの女性がついて接客をするだけだ。

座席数もカウンターを含めて百席ほど。そこで働く女性も大学生から杏奈のちょっと上ぐらいまでと幅が広く、どちらかといえばアットホームなクラブといえるだろう。

そのため、ここへ通う人もリピーターが中心だ。常連客は近場のサラリーマンや個人経営者といった、中所得者が多い。

そして、店名にもなっている〝サンドリヨン〟はフランス語でシンデレラのことだが、これは訪れた男性客を〝ガラスの靴の持ち主を探し求める王子様〟に見立ててつけられたもので、オーナー兼マスターの遊び心が窺《うかが》える。

その上彼はバーテンダーとしても一流で、彼の作るカクテルを目当てに女性同士で訪れる客も少なくない。純粋に酒を楽しむカウンター専門の客も多く、だからこそ杏奈を始めとするホステス達も、安心して居着いてしまうのだが――

何にしてもサンドリヨンのナンバーワンは、間違いなくマスターだ。

ダンディでロマンスグレーがよく似合う、それでいて気さくな老紳士。

杏奈はマスターの笑顔を見て、ホッとした。

今日初めて浮かんだだろう心からの笑顔で、店の奥へと進み、パウダールームと更衣室が一緒になったスタッフ専用の控室の扉を開けた。

「おはよう」

杏奈は三富と同い年ぐらいの女の子達に声をかける。

部屋には早番の子達が十人ほどいた。

「おはようございます」

「おはようございます、杏奈さん」

挨拶《あいさつ》を交わすと、杏奈は壁一面に備え付けられたクローゼットの中から、着替え用に置いているドレスを選んだ。

今日は午後から立て続けにいろいろあったせいか、赤のイブニングに手が伸びた。これは店でしか着ないし、たとえば披露宴に着ていくのにも絶対に敬遠する色だ。

しかし、だからこそ気持ちが切り替わる。いい具合にモチベーションが上がる、杏奈の持ち衣装の中でも一番派手なイブニングドレスだ。

すると、それを見ていた女の子達がそろって笑った。

「杏奈さん。そのドレスってことは、今夜はいつも以上に大変身ですね」

「久しぶりにガンガンいっちゃおうかなって気分なんですか？」

「――は？　何、それ。普段の私がよっぽど手抜きかズボラって言いたいの？」

妙にワクワクした目を向けられ、杏奈も釣られたように笑った。

「いえいえ、夜の普段じゃなくて昼の普段からの大変身って意味ですよ」

「そうそう。通勤服とはいえいつも地味だし、髪は三つ編みアップでメイクもナチュラル通り越してほとんどすっぴん。その眼鏡もパソコン用なのはわかりますけど、いかにもお局《つぼね》さんっぽくて、なんかいまいちなんですよね」

「本当。杏奈さんってば、お店に出ているときとは大違いなんですもん。私達、いつももったいないって言ってるんですよ。どうして朝から気合入れないんだろうって」

若手の会話に容赦がないのはどこも一緒だ。杏奈がお局さん的存在なのは派遣先ではなく、むしろこの店のほうだった。

気がつけば仕事帰りに通い始めて七年近い。

今では一番の古株になっていて、その分仲間への気遣いは少なくて済む。

「こういうのをＴＰＯをわきまえるっていうの」

「派遣先が厳しいってことですか？」

「そういえば、杏奈さんが回される職場って、お堅い老舗《しにせ》や大手企業が多いって、言ってましたもんね」

「――まあね。でも、実際のところは面倒くさいっていうのが一番の理由かな。朝は五分でも長く寝たいから」

「うわっ！　それ説得力ある」

「杏奈さんってば」

杏奈がこんな調子なので、若い子達も気兼ねがない。

だが、それでも最低限の上下関係と礼儀は守られているし、笑顔も絶えなかった。

「――さてと」

意識を切り替えると、杏奈は赤いイブニングドレスに着替えた。

ドレッサーに向かい、手早く化粧を直し始める。

アイメイクを中心に濃淡をはっきりさせていく。まつ毛をマスカラでボリュームアップし、リップもドレスに合わせて深紅《しんく》をチョイス。昼にはつけないグロスで艶々《つやつや》に仕上げたら、あっという間にメイクも終わりだ。

あとは三つ編みにしていた髪を解《ほど》いて、ほどよくウェーブがかかった長い髪をヘアスプレーでふんわりと落ち着かせるだけで、かなりゴージャスな仕上がりになる。

白い胸元にちょっとしたジュエリーを飾って、踵《かかと》の太い五センチヒールを八センチのピンヒールに履き替えれば完璧だ。

この姿から日中パソコン前に座る杏奈の姿は、誰も想像しないだろう。平塚辺りが見たら、真顔で「化けた」と言いそうだ。

「よし。完成」

すべての支度を終えると、杏奈はライターを挟んだハンカチだけを持って勢いよく立ち上がった。

一部始終を見ていた女の子達からは、なんとも言えないため息が漏れる。

「杏奈さんってば、〝完成〟はないでしょう。だから変身って言われちゃうんですよ」

杏奈は際立った美人ではないが、化粧映えのする目鼻立ちを持っていた。

加えて身長が百六十八センチと意外に高く、体型も平均的で悪くないので、こうして飾り立てると存在感が格段に増す。

普段が普段なだけに、その変貌ぶりはとてもあざやかだ。

だが、だからこそ彼女達は口をそろえて「もったいない」と連呼する。杏奈の割り切り方があまりにはっきりしているため、同性としての嫉妬《しっと》が起こらないのだという。

「そうですよ。ここは完璧って言わなきゃ」

「本当、宝の持ち腐れですよね」

まるでずぼらな姉を見て、妹達が愚痴《ぐち》っているようだった。

それが可笑《おか》しくて、嬉しくて、杏奈の笑顔に輝きが増した。日中食らった八つ当たり四連続の衝撃も、完全に吹っ切れる。

「そう？　あなた達のピッチピチした肌や若さ以上に、宝なんてないと思うけど」

「もう、杏奈さんってば！」

年下の子達とじゃれあいながらも、「じゃ、行こうか」と店内へ向かう。

すでに店内には、仕事終わりの客達が、ちらほらと来店している。

杏奈の姿を見ると、マスターがカウンターの中から手招きをした。

「——杏奈。今、永沢《ながさわ》さんが来たところだから、すぐに七番テーブルへ頼むよ」

「はい。マスター」

言われるまま店内を移動し、席へ向かう。

自然と背筋がピンと伸びる瞬間だ。

(永沢さんか。いつもは週末だけなのに、月曜からなんて珍しいわね。何かあったとかじゃないといいけど)

週に五日間フルタイムの派遣仕事に、四日は夜のアルバイト。正直、身体はきつい。

だが、それでも杏奈は、お金だけは貯めておこうと決めて、これらの仕事を両立していた。

何かのときに自分を守ってくれるのは、やはりお金だ。

悔いのない選択をする勇気を与えてくれて、そして後押しをしてくれるのは家族や友人達だと言えるかもしれない。それでも、迷いなく決断や実行をするとき、先立つ物は不可欠だ。

最初に勤めた会社を辞めざるを得ない状況に追い込まれてから、杏奈はそのことを思い知った。

以来、この生活をしている。

始めた頃は無我夢中で、今思えば余裕のかけらもない状態だった。

勤めること、稼ぐことに振り回されて、心身共に疲れきっていた時期もある。

だが、サンドリヨンはマスターの人柄もよいが、彼を慕って来店する客層もまたよかった。

杏奈はここでいろんな世代、職種の人と出会った。そして、百人にいれば百通りの人生経験があることを知り、いつしか肩から力が抜けた。自然と視野や思考が広がり、学校では習わなかった知識も増えて、働くことが楽しくなったのだ。

すると、疲れきっていたはずの心身が心地よい疲労感を覚えるようになり、仕事や職場に対しても見る目が変わった。

派遣やバイトの中ではあるが、自分なりにやり甲斐も感じられるようになった。

これらは杏奈にとって、とても大きなことだった。

今、四人掛けの七番テーブルで杏奈を待っている永沢にしても、彼女にいろんな知識や考えかたをもたらしてくれた常連客の一人だ。

マスターの古くからの知り合いでもある。

「いらっしゃいませ。永沢さん」

「やあ。寄らせてもらったよ」

愛妻家である永沢が、ここを訪れるのは月に二度か三度。とにもかくにもマナーがよくて、綺麗な飲みかたをする男性だ。

建築事務所の社長兼デザイナーとあって、杏奈は彼の愚痴《ぐち》を聞いているだけでもとても勉強になった。

二回に一回は一緒に来店する彼の妻も気さくで優しく、杏奈のことを妹のように可愛がってくれていた。そのおかげもあって、永沢は来るたびに必ず杏奈を指名してくれる。

杏奈は、テーブル上に並べられた二人分のおしぼりやコースター、キープされたボトルを見て、今夜も妻を同伴しているのだと思った。

「奥様は遅れて見えられるんですか？」

「いや、今日は大学時代からの友人を連れて来たんだ。今、お手洗いに行ってるんだけど、なんか会社でいろいろあったみたいでさ。でも、こういうときって、全くの部外者のほうが、愚痴も聞きやすいだろう。だから杏奈も、そのつもりで頼むよ」

訳ありの同伴者と知らされ、瞬時に気持ちを入れ替えた。

「わかりました。私にできることがあれば……」

「――と、戻って来た。嶋崎」

永沢が口にした名前に、杏奈は一瞬固まった。

まさかと思いながら、双眸《そうぼう》を眇《すが》める。

（嶋崎……室長⁉）

トイレから戻ってきたのは、杏奈がよく知る嶋崎その人だった。

決して、名字が同じだけの別人ではない。

だが、真っ直ぐにこちらへ向かってくる彼は、どこかいつもと雰囲気が違っていた。よく見ればスーツの前が開いている。ネクタイもなく、シャツのボタンも上から二つほど外れており、日中と同じスーツだが、着こなしはかなりラフだった。

日中の、きっちりした格好とは印象が違う。

「っ！」

戸惑う杏奈に気づいた嶋崎が、一瞬両目を見開いた。

すぐに名前がでなかったのは、彼も杏奈が自分の知る女性なのかどうか、悩んだのかもしれない。

それほどドレスアップし、きちんとメイクした杏奈の変貌ぶりは、すごいのだ。

まして今夜は、手持ちの中でも一番派手な赤のイブニングドレスだ。普段派遣先では決して見せることのない首からデコルテ、両腕まで露《あら》わになっている。メイクもしっかり施《ほどこ》しており、リップは一番目立つ深紅《しんく》だ。

「さ、座って」

永沢から席を勧められるも、二人共すぐには身体が動かなかった。

杏奈は今にも何かを言い出しそうな嶋崎を見て、席につく前に先手を打つ。

「いらっしゃいませ。初めまして、杏奈です」

「――あ。どうも。嶋崎です」

さすがに仕事ができる男は、社外であっても勘がよかった。

嶋崎は杏奈が発した「初めまして」に反射的とはいえ応じてくれた。そして彼は軽く会釈《えしゃく》をし、戸惑いながらも問いただすようなことはせず、黙って席についた。

ただ、内心動揺しているのか、おしぼりを手に取り、必要以上に拭いている。

「お飲み物はどうなさいますか？　水割りをお作りしますか？」

「えっと、じゃあ、とりあえずビールを」

「では、ただ今お持ちしますね」

杏奈はオーダーを聞くと席には座らず、いったんカウンターへ逃亡した。

本当ならば、席についたままウエイターを呼ぶところだが、今はこの事実をマスターに知らせることを優先した。

「マスター、七番でビール。あと、お願いがあるんですけど」

「どうしたんだい」

「実は……」

杏奈はマスターに事情を説明すると、できるだけ早く他の席に移動させてもらえるように頼み込んだ。

「派遣先の上司か」

「はい。バレてしまったのは仕方ないにしても、せっかくお友達と来ているのに、部下の接客じゃ愚痴《ぐち》をこぼせないかと。お客様が寛《くつろ》げないと思うので」

杏奈が離席を願った理由は、一にも二にも嶋崎を気遣ってのことだった。

「それは、そうだね。わかったよ。適当に声をかけるから、少しだけ繋《つな》いで待っていて」

「はい。ありがとうございます」

マスターの理解を得られて、かなりホッとした。

その後は何ごともなかったように席へ戻る。

「お待たせしました。ビールをお持ちしました」

サンドリヨンの店内の装飾は、品がある。大理石風のテーブルに濃紺のビロードが貼られた座席。

そこここに老舗《しにせ》らしい、レトロな趣《おもむき》がある。

その中に溶け込んで接客する杏奈の所作は普段とは違う。

それを嶋崎は不思議そうに見ていた。

(それにしても、会社の愚痴《ぐち》か……。今日の私のことだったら、目も当てられないわね)

永沢が嶋崎を連れてきた理由を聞いてしまったので、杏奈はこれまでには感じたことのない緊張を覚えていた。

それもあって、遠慮がちに嶋崎の隣へ座る。

「――どうぞ」

「失礼します」

ドレスの裾を押さえて浅く腰掛ける。

わずかに腕と腕が触れた瞬間、嶋崎がビクリとしたのが伝わってきた。

「あ、すみません」

「いや。こちらこそ」

ぎこちない会話だった。

嶋崎のほうも、明らかに動揺していた。

目と目が合うと、二人そろって作り笑いが浮かぶ。

永沢は照れ隠しかと思っているようだが、杏奈と嶋崎としては間違いなく苦笑だ。

そのことは、互いに気づいている。

（イブニングドレスなんて選ばなきゃよかった。でも、さすがは嶋崎室長ね。スーツのマテリアルが上質。英国産かな？　感触が滑《なめ》らかですごくよかった）

杏奈は気を取り直すために、あえて意識を服の素材に向けた。

仕事柄、嶋崎が普段から仕立てのいいスーツを着用しているのはわかっていた。

だが、スーツの素材までは、見ただけではわからない。

しかし、今夜は素肌で触れたので、はっきりと感じ取ることができた。嶋崎は杏奈が思っていたより、そうとうスーツにこだわっている。

嶋崎は、特別高価な時計などは身に着けていない分、かわりに、スーツ一点に絞って、自分をプロデュースしているのかもしれない。これも仕事への意欲と自尊心の表れだろうか。

制服などない、自前のスーツが戦闘服になる職場だ。

（嶋崎室長らしい選択ね）

彼の下で働くようになり、かれこれ二年近くになるが、今夜初めて知ったことだ。

ようやく杏奈に、素の笑顔が戻る。

「改めまして。ようこそ〝サンドリヨン〟へ」

「どうも」

思えば嶋崎という男は、これまであった職場の飲み会などでも、一度として隣り合ったことのない相手だった。

彼の周りには常に若手社員がいる。決して女性だけが集まるわけではなく、同じくらい同性の社員もいる。

いつも人に囲まれているので、派遣の杏奈がお酌に行く必要はなかった。

当然ランチを一緒にしたこともないし、そもそも頼まれた仕事のやり取り以外はしたことがない。

それだけに、今になってこんな場所で会ったことが、杏奈にも不思議だった。

こういうのを因縁と言うのだろうか？

日中のやり取りのためか、縁といっても、いいものだとは考えられない。

「杏奈も好きなもの頼んでいいよ。なんならドンペリでもいく？　今夜は嶋崎に会えて気分がいいんだ。奮発するよ」

「いえ。せっかくですから一緒にビールで」

同伴してきた友人を気遣ってのことだろうが、永沢はいつも以上にノリがよかった。

だが、すぐに席を移動することがわかっていて、高価なオーダーはできない。

杏奈は笑ってビールグラスに手を伸ばした。

「いいのか？　あ、もしかして、これから指名が入ってる？」

「そんなことは……あ、どうぞ」

永沢に鋭い指摘をされつつも、杏奈は隣で煙草を手にした嶋崎にライターの火を差し出した。

これればかりは条件反射だ。考える前に杏奈の身体は動いている。

「ありがとう」

嶋崎室長の目が、また驚いていた。

(こういう気は遣えるんだな、とか思われたかしら?)

今の杏奈が彼の目にどんなふうに映っているのか、それはわからない。

だが、手にした煙草を咥《くわ》える嶋崎の仕草は、これまで一度も見たことがないものだった。揺らいだ紫煙《しえん》の奥に見える横顔は、間違いなく日頃は目にしないプライベートの彼だ。

(へー。こうしてみると、なんだかいつもより男っぽく見えるから不思議ね。男の人でも、こういったアイテムひとつで、けっこう印象が変わるのね)

杏奈は単純に思った。

ふと、嶋崎と目が合う。

「君も吸う?」

「いえ、私は」

煙草を出されて、丁重に断る。

「そう。ヘビースモーカーに見えるのに」

「——よく言われます」

ようやくこの場に馴染んできたのか、嶋崎が笑った。

だが、こんな些細《ささい》なやり取りが、浮上しかけた杏奈の気分を一気に落とした。

(やっぱり嶋崎室長も同じじか)

無意識のうちに何か期待でもしていたのだろうか。杏奈は嶋崎からの一言を、とても残念に感じていたのだ。

嶋崎は、職場が同じという以外に何の接点もない相手だ。だから自分の何をわかっているわけでもないので、見た目で判断されるのは当然だ。

おそらく嶋崎は今夜の〝派手な杏奈〟が本来の姿だと認識したのだろう。

〝そう。ヘビースモーカーに見えるのに〟

（まあ、いいけどね）

杏奈は静かに深呼吸をした。

グラスが空になる手前で声をかける。

「ビールの後はウイスキーでよろしいですか？」

「ああ。ダブルで頼むよ」

「はい。永沢さんはいつも通りで？」

「うん。いつも通りで」

その後も杏奈は取り留めのない世間話で繋《つな》ぎつつ、マスターが席の移動を指示してくれるのをじりじりと待っていた。

一分が、一秒が、こんなに長く感じたのは久しぶりだ。

話が仕事や職場のことに移らないうちに、どうにかこの場を去りたいと願う。

「失礼します。杏奈さん、二十番の席へ」

ウエイターが代わりの子を連れて声をかけに来たときには、思わずテーブルの下でガッツポーズが出た。

「待って、どういうこと」

「すみません、永沢様。気難しいお客様がお見えになったもので……」

「――そう。なら仕方ないか。曲者《くせもの》処理班だもんな、杏奈は」

永沢には本当に申し訳ないと思ったが、杏奈は深々と頭を下げて席を立った。

「それでは失礼します。ごゆっくりどうぞ」

「ああ」

安堵からか、つい本気で微笑んでしまったが、嶋崎は何か腑《ふ》に落ちないといった顔をしていた。

席からの移動中、背中に刺さるような視線を感じたのは気のせいだろうか？

（どうか思い過ごしでありますように――）

杏奈は祈りながら二十番テーブルへ着いた。

「いらっしゃいませ」

「ああ、待ってたよ、杏奈ちゃん。聞いてくれよ、今日会社で上司がさ――」

今夜も常連客の愚痴《ぐち》聞きに徹しつつ、杏奈は終業時間までを過ごした。

3

いつになく気疲れをした日の、翌日のことだった。杏奈はいつも通り、銀座桜屋に出社していた。

まだ週の前半だというのは辛い。

体力以前に気持ちがしんどいと杏奈は思ったが、それでも仕事は山積みだ。やってもやっても、あとから増えてくる。

(今週は諦めるしかないか)

今日はまだ火曜日だ。

御前会議に向けて、誰もがヒートアップしていくのが予想できるだけに、杏奈は安易に仕事を受けないよう、先に自分の請け負える分の目途を立てた。

何をどう頑張ったところで、人一人がこなせる仕事量は限られている。

頼まれたときに「できる」「できない」「やるとしたらいつまでかかる」を明確に示すのも、自分の仕事だ。

「百目鬼さん」

朝からピリピリとした口調で声をかけてきたのは石垣だった。

「はい」

「これ、昨日の分に抜けがあったみたいの。追加して、すぐにデータ集計出し直して。午後のミーティングで使うから、今すぐに」

「――はい」

相変わらず自分の仕事しか見えていないようだった。「すぐに」と言うわりに、またデータ集計の刷り出しのみが寄越される。

（昨日の抜けって、それは石垣チーフのミスよね？　せめて「悪いけど」ってつけてくれたら、違うんだけどなぁ）

この分のデータが、昨日壊したデータの中にあるものなのかはわからない。

ただ、ここで「データがあるなら欲しい」と言って、また石垣の機嫌をそこねるくらいなら、自力で打ち込んでしまったほうが気は楽だ。

杏奈は昨日のうちに仕上げた集計表をパソコン画面に呼び出し、追加データを入力していった。

石垣は簡単に言ってくれるが、渡されたのはアンケートの回答だ。

数字だけの打ち込みではない上に、書かれた内容の要点をまとめていかなければならず、手間はそれなりにかかる。

（やっぱり顧客の年齢層が高いせいか、最近のブランドへの関心はないに等しいわね。そもそも本物志向、腐っても鯛《たい》って考えの相手に、どうやってデザイン主義の〝Real Quality〟を売るのかしら？　こういう人達って、あれよね？　そもそも宝石でも天然か人工かをものすごく重視するのよね？　どんなにデザインが素敵でも、偽物じゃあ価値はないわ、って考えでしょうに。まさか、若い顧客だけをターゲットにするつもりなのかしら？）

それでもこれが「お客様からの大切な声」だと思うから、杏奈は一つ一つ見落としのないように確認していった。

集計しながらも、銀座桜屋の常連客の志向や価値観を自分なりに理解していく。

しかし、いい具合に集中し始めたところへ、今度は平塚が声をかけてくる。

「百目鬼。俺が頼んだ書類って上がってる？」

「あ、ごめんなさい。まだです。今日中には上げておきますから」

「なんだよ。前もって渡したのに、もっと要領よくやってくれよ。そんなんだから、いつまでたっても正社員の話がこないんだぞ」

着席している杏奈を見下ろすように立つ平塚。

だが、これはそんな立ち位置の問題ではない。

明らかに上から目線でこられて、杏奈はカチンときた。

（今日中でいいって言ったのは、そっちじゃない）

一応「すみません」とは返したが、いったいなんの関係があるのかという話までされて、気分が悪くて仕方がなかった。

「まあいいや。俺、これから出てくるから、上がったらメールで送っといて」

「わかりました」

仕事の優先順位を変えたのは、自分だから仕方がない、と心の中で無理やり納得させる。

事実、昨日予定通りに上げていれば、こんなことを言われなくて済んだのだから。

だが、仮にそうだとしても、どうして平塚から正社員うんぬんとまで言われなければいけないのか。腹が立って仕方がない。

杏奈は好きで派遣をやっている。

自分の口から「正社員になりたい」と言ったことはただの一度もないし、思ってもいない。

そもそもこの銀座桜屋に通うのも今期限りのつもりだったし、契約の延長など考えたこともなかった。

さすがにすぐには気持ちを切り替えられず、杏奈はいったん席を立った。

（はー。コーヒーでも飲もう。さすがに一呼吸おかないと、やってられないわ）

足元にあったゴミ箱を蹴りそうになった自分を抑えて、部屋の外へ出た。

給湯室へ行き、自分で買い置きしているコーヒーを濃い目に淹《い》れた。

普段なら部内の全員に用意するところだが、今日ばかりはそんな気にもなれない。

それどころか、頭の中は積りに積った鬱憤《うっぷん》でいっぱいだ。言葉にこそ出さなかったが、脳内では愚痴《ぐち》が爆裂している。

それなのに、怒りに任せて淹れたコーヒーが濃すぎて不味《まず》い。

「うっ」

完全に、苦いや渋いを通り越してしまっていて、ますます気分が滅入った。

なんだか今日は本当に最悪だ。

これでまだ火曜日だなんて信じたくない。

しかも、こんなときにかぎって給湯室の扉がノックされる。

「百目鬼。ちょっといいか」

声をかけて来たのは嶋崎だった。昨日の今日なので、なんとなく顔を直視しづらく感じた。

しかし嶋崎はというと、何かいいことでもあったのか、妙に声が弾んでいる。

「――はい。なんでしょうか」

杏奈が答えると同時に、扉が開いた。

嶋崎は広くもない給湯室に入ってくると、後ろ手に扉を閉める。杏奈は一瞬ドキリとした。

二人きりになると、嶋崎はシンク上の換気扇を回してから、スーツの懐《ふところ》に忍ばせた煙草を取りだした。

(え？　これって私の前だから？　それとも私が知らなかっただけで、実は前からこんな調子なの？)

嶋崎は、慣れた手つきで煙草に火をつけ、まずは一服した。

なんとなく杏奈が視線を彼の口元に向けると、途中で目が合った。

にこりとされて、コーヒーカップを握る手に力が入る。いつになく杏奈は動揺していた。

「いや、昨夜はびっくりしたよ。真面目だけが取り柄の子かと思っていたら、素顔は夜の蝶《ちょう》だもんな。永沢から聞いたけど、けっこう売れっ子なんだって？　お世辞やおべっかは言ってくれないけど、しっかり話を聞いてくれるから、一度ついたお客は離れないって。あいつにしては珍しくベタ褒めだった」

話し始めた嶋崎は、やはり機嫌がよかった。

だが、話の内容はといえば、杏奈にとってはどうでもいいことだった。

今ここで必要なのかと聞かれたら、答えはノーだ。これは完全にプライベートな内容だ。

しかも、「素顔が夜の蝶」と言われて、そうでなくても悪かった気分がさらに悪くなる。

たとえ嶋崎自身に悪気がなくても、言われて気分のいい言葉ではない。嶋崎にとっては、一服ついでの戯言《ざれごと》なのだろうが、杏奈にとっては不愉快極まりなかった。

公私の切り替えもできない男だったのかと、嶋崎に対してがっかりする。

〝そう。ヘビースモーカーに見えるのに〟

昨夜の落胆も合わせて、これまで多少はあった彼への好感が激減した。

「うちに来る前から勤めていたみたいだから、向こうが本職ってこと？　そのわりに遅刻や欠席、早退さえ一度もない。見事に二足のわらじを履きこなしているのが立派だよな。けど、そうまでして働く理由が何かあるの？　支障がなければ教えてほしいんだけど」

嶋崎は話を続けたが、杏奈は飲みかけのコーヒーをシンクに捨てた。

カップを洗って棚に戻す。

「いえ、私から言うことは何もありませんので」

いきなりプライベートに踏み込んできた嶋崎の顔を見る気になれず、背を向ける。

それが気に入らなかったのか、痛いほどの視線を感じた。

やはり昨夜の背中への視線も、嶋崎だったらしい。

室内では、彼が吐息のようにはきだした紫煙《しえん》が、甘い香りを放っている。

「失礼します」

杏奈は軽く会釈《えしゃく》だけして、扉のノブに手を伸ばした。

すると嶋崎は、いきなり杏奈の腕を掴んで自分のほうへ引き戻す。

「待てって。登録している派遣会社の規約がどうなってるのかは知らないが、うちでは掛け持ちはアウトなんだ。そこ、わかってるのか」

思いのほか距離を縮められて、杏奈の心臓が飛び跳ねた。

それが掴まれた腕のためか、彼が切り出した言葉のためなのかはわからない。

ただ、一度飛び跳ねた心臓は、鼓動を速めるばかりで鎮まらなかった。

ドキドキなのかビクビクなのか、とにかく杏奈は振り向きざまに嶋崎の手を振り払った。

(どうしよう——。いや、どうしようじゃないわ。当然のことを言われただけだもの)

自分の中で、まずは状況を整理しようとつとめる。

(私は派遣。掛け持ちはアウト。ただ、それだけよ)

杏奈にとって、この場で最優先するべきことを考え、結論を出した。

責任と覚悟を持って、嶋崎と目を合わせる。

「すみません、知りませんでした。明日からは別の者に来てもらうように手配します。これまでお世話になりました」

必要だろうセリフはきちんと言えたはずだ。

だが嶋崎の表情が、一瞬にして変わる。

「何を言い出すんだ。別に俺はそんなつもりで言ったんじゃ……」

「でしたら、どういうおつもりでしょうか。ここは会社です。嶋崎室長は私の上司であり、管理職です。それ以上でも以下でもないですよね？」

こんなことまで言うつもりはなかった。だが止められなかった。

日々、不愉快な思いを重ねてきたのだ。それが、憤《いきどお》りに変わっていた。自分でも嫌な気持ちになるくらい、嫌味《いやみ》っぽい口調になっている。

「っ――」

嶋崎は動揺とも困惑とも取れる表情をした。

この瞬間まで、自分の立場や放つ言葉の意味、重さを忘れていたのかもしれない。少なくとも「他人の上げ足を取りやがって」という顔はしていない。

ただ、だからといって杏奈も今日ばかりは気が治まらなかった。

このままこれまで通りの仕事ができるかと自分に問いかけたとき、快《こころよ》く「できる」とは答えられなかったのだ。

「すみません。言葉が乱暴でした。ですが、私が契約している派遣会社では、掛け持ちの拘束まではしていません。なので、ずっと兼業でやってきました。でも、こちらに来ている限り、こちらの社則や規律に従うのは当然のことだと思います。ですから、規律に従えない以上、私は本日で退《しりぞ》きます。申し訳ありませんでした。それでは――今日中に仕事を整理し、引き継ぎの用意もしなければいけませんので、これで失礼します」

杏奈は嶋崎に一礼すると、そのまま給湯室をあとにした。

「ちょっ、百目鬼」

「嶋崎！　いいところにいた。ちょっと来てくれ。お客様からの――、藤木《ふじき》様からのクレームなんだが、聞きたいことがある」

「――っ、はい」

嶋崎は慌てて杏奈を追って来たようだったが、廊下に出た途端に幹部の一人に声をかけられ、そのまま連れて行かれた。

早急の対応が求められる内容だったらしく、杏奈を追ってくることはなかった。

杏奈は、いまだに高ぶる感情を鎮めようと胸に手を当てた。

深く呼吸をして、まずは自身を落ち着かせようと努力する。

(はぁっ。まいった――なんてことは言ってられないか。昨夜お店で嶋崎室長とバッティングした時点で、こういう想定をしなかったのは自分のミスだもの。派遣だからって、私自身もここの規約に対して、認識があまりなかったってことだものね)

その後、所属している派遣会社に電話を入れた。

派遣会社には、ありのまま経緯を説明して謝罪をした。

これまで何事もなく勤めてきたので驚かれたが、「すぐに明日からの事務員を手配するから」と言ってもらえて、幾分気持ちが落ち着いた。こういったトラブルは初めてだったからか、派遣会社から怒られたりはしなかった。それどころか、「次の派遣先を探すときには、こちらでも規約の確認をしておくから」と言ってもらえて、杏奈は謝罪と感謝で終始頭を下げて電話を終えた。

(とにかく急ぎのものだけは片付けなきゃ。まずは石垣チーフの分だわ)

それからデスクに向かうと、無心になって作業をした。

昼食もとらず、とにかく引き継ぎすべきもの以外は、ここで終わらせてしまおうとがむしゃらにキーボードを叩いた。

不幸中の幸いと言っていいのかどうかはわからないが、午後になっても嶋崎が部屋に戻ってくることはなかった。

どうやら、クレームの出たお客様のもとへ出かけたらしい。余程のお得意様だったのだろうと、同室の者達が噂をしていた。

（はーっ。平塚さんの分を含めた三点終了。あとは引き継ぎ用の説明書を用意して、私物を片付けて――と）

そうして退社時間も近くなった夕方のこと。杏奈は一通りの作業を終えると、使用していたデスクを片付け始めた。

「百目鬼さん。これ新しい回答データ。今日のものに追加して、明朝までに集計を出し直して頂戴」

石垣が席を立ち、杏奈に追加分の刷り出しを突き出してきた。

「申し訳ありません。これはできません」

杏奈はその場で断った。

石垣の顔つきが瞬時に変わったが、これればかりは仕方がない。

「なんですって？」

「明日から別の者が来ると思いますので、再集計はその者に言ってください。よほど急ぎであれば、ご自身か他の誰かに」

「どういうことなの、それ？」

杏奈の言葉に、石垣が珍しく戸惑った。それはそうだ。石垣にとっては寝耳に水だろう。

「急なことですが、私がこちらに派遣で来るのは今日までとなりましたので」

「ちょっと待って。それってうちの意向？　それとも派遣元？」

「いいえ。行きがかり上というかなんというか、個人的な都合です」

「なんですって!?　あなた、今がどういうときだかわかってるの？　プレゼンまで一週間もないのよ！　自分の仕事をなんだと思ってるの!!」

杏奈が正直に言いすぎたのもあるが、石垣が血相を変えて怒鳴ってきた。

雷が落ちるどころの騒ぎではない。石垣の怒声に、室内に残っていた者達がいっせいに震え上がって、杏奈達のほうを見た。

「だ、大丈夫ですよ。私が請け負っている仕事は、誰にでもできるような事務処理だけですから」

「っ！」

杏奈は興奮した石垣を落ち着かせようと、言葉を返した。

しかし、これが思いがけずそうとうな嫌味《いやみ》になってしまったのか、石垣が黙る。

そして石垣は刷り出しを引っ込めると、唇を噛んで席へ着いた。

(しまった。最後の最後にやっちゃった)

だが、実際石垣が頼んできた仕事は、追加の回答データを入れて、再集計を取るだけのものだった。

明日代わりに来た派遣事務員がその場で対応しても、特に問題なく処理できるものだ。

杏奈が集計の際に気をつけてほしいことをちょっと書き残していけば、派遣されてくる事務員は的確にそれをこなす。

なぜなら派遣とはいえ、送り込まれてくるのは事務処理のプロだからだ。杏奈が「では、今日で」と迷いなく言えたのも、本当に誰でもできる仕事しかしていなかったからと言える。代わりさえ手配できれば、迷惑をかけないとわかっていたからだ。

とはいえ、スッキリした、というわけではない。

（結局、立つ鳥跡を濁《にご》しちゃったか――）

気が治まらないのか、杏奈と石垣、二人のパソコンを通り越して、石垣の鼻息の荒さが伝わってくる。

杏奈はずっと、彼女に嫌味《いやみ》を言われるたびに「なら、他を当たってください」と言って辞めたらさぞ胸がスッとするだろうと思ってきた。

ここのところ、立て続けに八つ当たりばかりされていたから余計にだ。

しかし、実際はそうではなかった。

杏奈の想像とはだいぶ違って、気分も後味も悪かった。

これればかりは性格の問題なのかもしれないが、どうしても「ざまあみろ」とは思えない。

むしろ、変な話だが石垣が本気で怒ってきたことが、杏奈には嬉しかった。

日頃「誰にでもできる仕事だ」と言いながら、いざとなれば「自分の仕事をなんだと思っているの」と、彼女は本気で口にした。

それが不思議と嫌ではなかった。「何を今さら」とは思えなかったし、逆に杏奈の仕事を評価してくれたように感じたのだ。

（ごめんなさい、石垣チーフ）

杏奈は、せめてと思い、引き継ぎ用の資料には事細かに書き残した。

御前会議用の仕事に関しては、特に優先基準を明確にすることで、作業が滞《とどこお》らないようにと助言を残す。

（どうか、御前会議でのプレゼンが上手くいきますように）

そうして一通りの仕事を終えると、杏奈は私物を片付けた。

もともと次の契約更新をするつもりがなかったので、銀座桜屋から撤収するのはとても速かった。

ふと窓の外に目を向けると、思いのほか暗い。

（――うわっ。こんなときに限って雷？　雨も降ってきた。なんだかなあ、もう。ついてない）

だが、傘をさしても苦にならない程度の簡単な手荷物だけで去ることができた。それは不幸中の幸いと言えるかもしれないが、寂しいものがあった。

＊　＊　＊

いざというときに迷いなく決断し、そして行動に移す。

杏奈が嶋崎相手に退職を宣言し、実際に銀座桜屋から退《ひ》いたことは、まさにこれだった。

杏奈はそういった行動を現実にするために、昼夜の仕事に精を出してきた。

日々の貯蓄は武器にするためではない。あくまでも、こうしたときの保険だ。


大学を卒業後、杏奈が最初に退職を経験したのは二十二歳のときだった。つまり、新卒で勤めて一年もしないうちに辞めたのだ。はじまりは、男性上司からの執拗《しつよう》なアプローチとセクハラだった。

そして、それを慰《なぐさ》め、庇ってくれた同僚男性と付き合うようになったが、すぐに彼が二股をかけていたことが発覚する。しかも、相手の女性も同じ社内にいた。話はこじれにこじれ、最終的にはなぜか、杏奈が上司と同僚に二股をかけたということになっていた。それも、同僚には彼女がいると知りながら杏奈が誘惑したという話で。

〝大した美人でもないくせして、よくやるわよね〟

〝違う違う。半端な美人だから、躍起《やっき》になってあちらこちらに手を出すのよ〟

〝ああ、そうか。真正の美人なら、変なところで周りに気を遣わなくてもちやほやされるし、堂々としてるはずだもんね〟

〝ようは八方美人の男好きってことでしょう〟

何度となく耳にした杏奈への誹謗中傷《ひぼうちゅうしょう》は、理不尽《りふじん》なんてものではなかった。

それでも、ちょっと人より目立つ容姿をしている、化粧映えして派手に見える、といったことでしか杏奈を知らない者達から誤解を招くのは、まだ仕方がないと思うことができた。

だが、新社会人として頑張ってきた杏奈の姿を見てきたはずの同僚からも悪く言われるとは、考えてもみなかった。

杏奈はここで、世の中にはただの噂や外見、こじつけで他人を判断し、貶《おとし》めたりする者がいるんだということを嫌というほど理解したのだ。

思えば高校時代に初めて彼氏ができたときにも、杏奈は普段通りに接していただけの男友達との関係を、二股と疑われた。

仲がよかったはずの女友達にまで誤解されて責められた。

もともとグループ交際から始まっていたこともあってか、一方的に悪く言われて恋も友情も破綻した経験がある。

そのときのことがしこりとなって、大学に行っても恋をする気にならず、新たな女友達を作るのをためらったほどだ。

しかし、このままではいけないと気持ちを切り替えて社会に出たところで、以前にも増して最悪な状況だ。さすがに心が折れて退職を決意した。自分を取り巻くすべての物事、人間関係から逃亡を図ることでしか、自身を守れなかったからだ。

とはいえ、退職届を書いても、すぐには提出できなかった。

杏奈は高校卒業と同時に実家を出て、一人暮らしをしていた。

実家では両親と兄一家が同居をしている。そこに小姑《こじゅうと》の居場所はない。

金銭的な相談をすることも躊躇《ためら》われたし、大学時代の奨学金の返済もあった。

とにもかくにも先立つものがなければ立ち行かなかった。ある程度まとまったお金がなければ、いざというときになんの選択もできない。針のむしろのような世界から、逃げることさえできないのだと思い知ったのだ。

結局、杏奈は退職を決めてから実際辞めるまでの期間、さまざまな苦汁をなめた。

苦し紛れと意地から、自分に与えられた仕事だけはきちんとこなした。誠実に仕事をしていれば、周囲の誤解が解けるかもしれないという微かな望みも持っていたが、居心地の悪さが増すことはあっても、改善されることはなかった。

日が経つにつれて、二股話とは無関係な、個人的ストレスをぶつけられているとしか思えないような嫌がらせもでてきた。そして、杏奈が孤立すればするほど、上司のセクハラは増した。

一刻も早くここから逃げ出したい。そのために必要なお金を用意しなければならない。

追いつめられた杏奈がたどり着いた先が、六本木《ろっぽんぎ》のサンドリヨンだった。

もちろん、恋愛やセクハラで痛い目に遭った自分が、夜の酒場で男性相手の接客業なんてできるのだろうか？　という不安はあった。

普通にしていても〝八方美人〟だの〝男好き〟だの言われるのだから、ホステスになったら何を言われるかわからないという怖さや葛藤もあった。

だが、このままでは、すぐに会社を辞めることはかなわない。

杏奈は、とにかくお金に余裕ができるまでは我慢しよう、頑張ってみようと決めて面接を受けに行った。

そのときはまだ、水商売にいいイメージがなかったので、悲愴《ひそう》な決意だった。

しかし、杏奈はそこで、マスターと出会ったのだ。

穏やかな笑顔と雰囲気の中で面接を受けるうちに、涙が溢《あふ》れて止まらなくなった。マスターは夜の世界が長いだけに、人の心の奥を見ることにも長《た》けていた。これまでにも、杏奈のような女性をたくさん見てきたと言っていた。話しているうちに、杏奈はすべての事情を語っていた。

そしてそれが、杏奈にとっては救いになった。

家族や知人に言えず苦しんだことを誰かに話し、真摯《しんし》に聞いてもらえたことで、杏奈の心は軽くなったのだ。

一通りの面接が終わると、マスターはその場で「うちでよければ明日からでもおいで」と笑ってくれた。

〝ノルマとかがない分、他より賃金は安いけどね〟

〝でも、無理矢理店外デートに誘うような客は店が追い出すから〟

〝店内のみで、精いっぱい接客してくれればいいから〟

そう言ってもらったことで、杏奈は安心して働き始めた。

最初は右も左もわからなかったが、マスターや店の客の導きもあり、すぐに仕事を覚えていった。

ここでは、生まれ持ったルックスや気遣いが悪く言われることもなかった。

むしろ褒められたし、歓迎された。そうしたことで、杏奈は喪失していた自信を取り戻していった。

一ヵ月後には、杏奈は会社を辞めていた。その後はサンドリヨンに勤めながら、今の派遣会社に登録をし、昼夜働き続けて今にいたる。

今、杏奈はいっとき陥《おちい》った人間不信からは完全に抜け出せている。また、派手な買い物や海外旅行をしているわけでもないので、それなりにお金も貯まっている。

これから夜の勤めだけに絞っても、しばらく生活に不自由はないだろう。

そもそも三十歳になったら、資格を取るための勉強を始めることに決めていた。

一生、昼夜勤めを続けるわけにもいかないだろうし、せめて自分の売りにできるものを身に付けたいと、会計関係の資格を取得しようと考えていたのもあり、思いがけずできた時間をその準備にあてようと、すぐに気持ちを切り替えられた。

「はーっ。とはいえ、九月末まであと二ヵ月もなかったんだから、せめてきちんと契約期間を満了したかったたな。いや、今は大事なときだもの。逆に私の規約違反が嶋崎室長達の迷惑になるのは困るわ。やっぱりここは退《ひ》いて正解よね」

後ろ髪を引かれる思いはあったが、仕方ない。あとは派遣会社にすべて任せて、自分は次に来た仕事を頑張ろう。自分は自分で新しい一歩を踏み出せばいい、そう思うことにした。

しかし、翌日から杏奈のスマートフォンや自宅に、何度となく電話がかかってくることになる。

「ん？　何この番号。確かこれって、企画販売室の……」

表示されているのは、銀座桜屋宝飾部門企画販売室の電話番号。そして、他にも、覚えのない携帯電話の番号からもある。

「こっちはもしかして、嶋崎室長の……とか？」

なんとなくそんな気がしたが、杏奈は避けることにした。

入っていた留守番電話のメッセージさえ、聞かずに消去する。

派遣会社からなら応答もするが、そうではないので、出なかった。

仕事はどこまでも会社と会社の契約だ。すでに去った杏奈がこれ以上かかわるのは、逆に引き継いだ人に迷惑がかかりかねない。

それより何より、杏奈は銀座桜屋関係の人の声を聞きたくなかった。

なぜか心を乱されそうで、嫌な予感しかしなかったからだ。


そうして杏奈が銀座桜屋を退《しりぞ》いて二日目、木曜の夜のことだった。

店に嶋崎がやってきた。

「いらっしゃいませ……、嶋崎室……、嶋崎さん」

「こんばんは」

周りに聞くと、昨夜も来たという。

水曜は杏奈は出勤していなかったので、今夜は出直しとのことだ。

（大事な御前会議の前だっていうのに、何をしてるのかしら？　ここへ来る時間があるなら、それこそ本番でミスがないように、部下に任せた分の書類の確認をしたらいいんじゃないの？　あなたの部下達はアイデアや行動力は立派かもしれないけど、それを書類にすると必ずどこかミスをするのよ。ここ最近のあなたと一緒で）

今にもそんな台詞《せりふ》が出そうになったが、グッと我慢した。

自分が退いた仕事のことで、嶋崎に言うことはない。そもそも何か言える立場でもないし、それは派遣で職場に通っていたとしても同様だ。

気を利《き》かせたつもりで、「気が利かない」と言われるのは、もうこりごりだ。

杏奈は嶋崎のテーブルに呼ばれても、すぐには着席しなかった。テーブル脇に立ち、挨拶《あいさつ》をしながら間を取った。

「今夜は白のイブニングに髪はアップか。またイメージが違って見える。あ、オーダー頼むよ」

「それより、これは個人的なご来店でしょうか？　それとも桜屋の管理職としてのご訪問でしょうか？」

嶋崎が杏奈とメニューを見比べながら、ハウスボトルをオーダーしてきたので、先に確認をした。杏奈は彼の答えによっては、このまま席を離れるつもりだった。

「それって言わなきゃいけない？」

「いいえ。おっしゃりたくなければ、構いません。すぐに別の子と代わってもらうだけですから」

「百目鬼」

「ここで名字を出すのはご遠慮下さい」

「あ、ごめん。でもな――」

聞き出した嶋崎の来店目的は、派遣仕事の件だった。もしかしたら永沢との待ち合わせの可能性もあるかと確認したが、そうではないらしい。

杏奈は嶋崎の席には着かないことを決めた。

派遣会社から「引き継ぎに問題があった」という連絡はきていない。

マスターにはすでに事情を説明していたし、この場の判断は杏奈自身に任されている。

接客する側が客を選ぶのもどうかと思うが、夜の仕事に昼の仕事や関わりを持ち込まれるのは本意ではない。それは杏奈に限らず店に勤める女性すべてに言えることだ。

「個人的なご遊戯ではないようですので、失礼します」

杏奈は一礼すると席から離れた。

「待てって」

「――っ」

声とともに立ち上がった嶋崎に腕を掴まれ、杏奈はビクリとした。

いつになく人の手の感触が、そして体温が素肌に伝わり、反射的に振り払ってしまう。

ビクン？　ドキン？

杏奈の鼓動が高鳴り、胸が騒ぎだす。

それが表情に出ていたのだろう。嶋崎が傷ついたような顔をした。

「そんな怖い顔するなって。電話に出てくれないから直接ここへ来るしかなかったんだ。仕方がないだろう。今夜の支払いは個人だが、会いに来たのは管理職として話がしたかったからだ。俺が君から認められていたのが肩書きだけだった、個人的には全く信用されていなかったことは、先日の件でよくわかったから。今の段階で〝個人的に〟なんてことは嘘でも言わないよ」

それでも視線は外さない。じっと杏奈の目を見て話してくる。

だが、杏奈からすれば、この嶋崎の言い分が不思議でならない。

そもそも個人的に付き合ったことなど一度もないのだから、信用も何もないはずだ。

杏奈は騒ぐ胸を押さえながら、呼吸を整えた。

「私からは、何もお話しすることはありません。今、他の子を呼びますから、どうぞ今夜は楽しんでいってください」

「だから、俺は君に会いに来たんであって、他の誰にも用はないと言ってるだろう」

作り笑顔で乗り切ろうとするも、嶋崎は食い下がってきた。

杏奈の鼓動は鎮まるどころか、一秒ごとに速くなる。

「私もあなたに用はありません。申し訳ないですけど、お引き取り……」

「悪かった!! 俺の言いかたも態度も管理の仕方も、全部まとめて悪かった。ごめん! いや、申し訳ありませんでした!」

(えっ!?)

突然頭を下げられて、杏奈の心臓がキュッとなった。

完全に固まってしまう。

「この前のことは反省するし謝るし、今後の改善も約束する。だから、明日から戻ってきてくれ。どうか頼む。この通りだ」

目の前に立つ嶋崎は、杏奈の上司という振る舞いではなかった。まるで取り引先か、お客様に接するような態度だ。

かといって、話の内容は仕事のことだ。彼が室長として謝罪しているのはわかる。

（なんなの？　もしかして、あまりにみんなの使いかたが荒くて、代わりに来た派遣員が即日逃げた？　それで代わりが来ないとか？　だとしても……）

しかも、ここにきて周りの目が痛かった。

嶋崎がどこの人間かはわからなくても、馴染《なじみ》の客や女の子達は杏奈が日中派遣勤めをしていることを知っている。嶋崎が派遣先の上司だろうという見当ぐらいは、つけられる。

周囲の、「杏奈さん、そろそろ折れてあげればいいのに」という視線が増えてきた。

あっという間に店内は、嶋崎寄りの状態だ。

だが、周りはそもそもなぜ杏奈が派遣先を退くことになったのかは知らない。なので、杏奈はこれだけはと、周囲にもはっきり聞こえるように言い放った。

「無理です。私はこのお店を辞めるつもりがないので戻れません。兼業は規約違反だとおっしゃったじゃないですか」

理由を聞くと、周りも「ああ」と納得したようだった。周りの空気が変わっていく。

しかし、嶋崎はひかなかった。

「規約に関しては俺が黙っていれば済むことだ。仮にバレたとしても、決してこの件で君に嫌な思いや理不尽《りふじん》な思いはさせない。約束する」

(何それ？　自分から言い出したくせに！)

「君のことは必ず俺が守る。何があっても矢面《やおもて》には立たせない。だから戻って来てほしいんだ。うちの室を助けると思って」

その後も畳み掛けるようにして、杏奈に懇願《こんがん》してくる。

「お願いします」

そして、とうとうテーブルから離れた通路へ立つと、嶋崎はその場で両膝を折ろうとした。

これにはさすがに杏奈も慌てた。

「ちょ——待って！　やめてください、こんなところで」

嶋崎の腕を掴むと、席へ戻して無理やり座らせた。

とりあえず杏奈も隣へ座る。

「場所の問題じゃないよ。本当に君に戻ってもらわないと困るんだ。代わりじゃ埒《らち》が明かないんだよ。ここが駄目なら表ででもどこででも謝るから」

しかし、嶋崎は周りの目も耳も気にせず、杏奈に対して低姿勢を取り続けた。

これだから、現場上がりで謝り慣れた男は厄介なのだと、杏奈は痛感した。

それほど嶋崎は、人前で頭を下げることに抵抗がない。

もっとプライドを持ちなさいよ、いい男なんだから！　と、杏奈のほうが叱りたくなってくる。

あなたには似合わないわよ、そんな姿——と思えて。

「わかりました！　一度行きます。明日様子を見に行きますから、もうやめてください。これ以上の謝罪は要りませんから」

杏奈は嶋崎に根負けして、出社を承諾した。

いったい何が彼にここまでさせたのか、とにかく一度行けば状況がわかるはずだ。場合によっては、代わりの派遣員に直接引き継げばいいだろうと考えたのだ。

「本当に？」

杏奈の内心を見透かしているのか、嶋崎が不安そうな目を向けてきた。

心細気な表情に、少しだけ女心が疼《うず》く。

これも母性本能の一種なのかもしれない。普段弱みを見せない嶋崎だけに、なんとなくそんな気にさせられたのだ。

「女に二言はありません」

しかし、そんな杏奈に嶋崎はフッと微笑んだ。

（——え？）

「よし。約束したからな。死んでも来いよ」

嶋崎は打って変わって悪代官ばりの不敵な笑みを浮かべて、スーツのポケットから財布を取りだした。

「じゃあ、俺は社に戻って確認しなきゃならない仕事が山積みだから帰る。悪いけどこれで精算しといてくれ。昨夜からお店やお客さんに迷惑をかけたから、できれば残りで何か振る舞っといてくれるとありがたい」

テーブルにポンと五万円を置く。杏奈とは逆側からスッと席を立ち、嶋崎は周りに向かって一礼をした。

「お楽しみのところお騒がせしてしまい、申し訳ありませんでした。問題が解決しましたので、本日はこれにて失礼いたします」

その後ろ姿はピンと背筋が伸びていて、立派で凛々《りり》しかった。

まさに老舗《しにせ》のデパートマン、という姿だ。

「いいよ、いいよ、お疲れさん」

「杏奈ちゃんはこう見えて頑固だからね。話がついてよかったな」

「本当、本当。仕事が落ち着いたらまた来いよ、新顔さん」

「次は一緒に飲もうな」

しかも、嶋崎はなぜか激励《げきれい》と拍手喝采《かっさい》の中、颯爽《さっそう》と店を出て行った。

こんなとき、客質がよく、店全体がアットホームというのも困りものだ。お金と一緒に席に残された杏奈は、ただただ唖然とした。

「昨夜訪ねてきたときにね、彼は今夜の事態を予告して行ったんだよ。どうしても杏奈とはこの場でしか話ができない状況になってしまったから、少しだけ場を貸してください。話の内容から、今回だけは永沢さんを巻き込むことはしたくない。だから、一度だけ許してくださいってね」

カウンターから出て来たマスターが説明してくれた。

「とりあえず、これで彼のボトルを入れて、残金は預かっておくことにしようか。みんなに振る舞うなら、彼が来店したときのほうが、盛り上がるだろうからね」

マスターの提案に客達が賛同し、この件はここで幕が下りた。

嶋崎の名札がかけられたハウスボトルがカウンターの棚に並ぶ。

それを見た杏奈が、今夜は自分一人がいいように乗せられたんだと気づいたときには、あとの祭りだ。

「――ちょっ！　みんな事情を知ってたってこと？　それってひどくない？」

珍しくふて腐れてみたが、「まあまあ」と宥《なだ》められる。結局、今夜の酒の肴《さかな》として、話題にされるだけだった。

4

経緯はどうあれ、約束は約束だ。かなり騙された感はあっても、「女に二言はない」と言った手前、杏奈は翌日銀座桜屋へ出向いた。

今日はすでに金曜日。プレゼンテーションは週明け月曜だ。いったい何があったのかはわからないが、最低でもそこまで付き合い、次の人に引き継げば問題はないだろうと思ったのだ。

（あれ、タイムカードがちゃんとある）

しかし、いざ会社に着くと、杏奈は欠勤扱いになっていただけで、代わりの派遣が来た様子が全くないことに気がついた。

それどころか、場の雰囲気を濁《にご》して辞めた自覚があるのに、室内はけっこうな歓迎ムードだ。気味が悪いぐらい、誰もが杏奈に愛想笑いを向けてくる。

「――え？　嘘でしょう。私が帰った日の夜に、雷が落ちた？　自社サーバーに影響が出て、各自に送ったメールがデータファイルごとだめになったって――。その上、このパソコンに残してあったオリジナルデータまで壊れたって、冗談よね？」

「嘘でも冗談でもありませえ～ん。他の部署でもけっこう被害が出てるんですよ。なので、緊急性の高いところから直してるんですけど、そうするとうちは後回しレベルみたいでぇ。ただ、このままデータ復活してもらうのをまってたら、みんな資料をまとめきれないまま、御前会議が終わっちゃうんです」

杏奈は三富から事情を聞き、慌ててパソコンを立ち上げた。

とりあえず、オンにはできた。パソコンそのものが壊れたわけではないのはわかった。

ただ、本体は壊れていないが、中のデータはひどい状態だった。

「何……これ。私が作った引き継ぎファイルが、これまでに仕上げておいた分のファイルが……全部壊れてる!?　これは落雷とは関係ないわよね？　誰が弄《いじ》ったの？　いったい何したの？　幼稚園児レベルの破壊ぶり!?　ううん、今どきの園児ならお絵かきソフトで絵を描いたりするから、保存もできるわよね？　ってことは、園児以下⁉」

全部仕上げたはずのものが、消えていたり壊れていたりで使えなくなっていた。

何かのときのために予備で保存したはずのメモリーのほうまで被害が出ている。

しかも、一番肝心なメールソフトはおかしくなっていて開かない。これはアンインストールし、ソフトを入れ直すしかないだろう。

これでは送信記録からデータを復活させることさえ叶わない。

「ちょっと、待って。でも、こういうのって、どっかに何か残ってるはずよね――。確か、えっと――あった！　あった、あった。全部じゃないけど、半分ぐらいは残ってる。よかったっっっ。ここまで破壊されてたら、完全にお手上げだったわ」

あまりの惨状に、杏奈は思ったことを心に留めることができなかった。

暴言だろうがなんだろうが、ブツブツと独り言を呟きながら、杏奈は生き残っていたデータを集めて、作業を始める。

仕事で半泣きになりながらキーボードを叩いたのは、これが初めてだ。

だが、それぐらい今回はひどい壊れっぷりだったのだ。

「はーっ。これで先週の作業ぐらいには戻れたわね。って、これって全部プレゼン用のデータじゃない。プレゼンテーションは月曜なのに――」

ホッと一息ついたときには、過酷な現実だけが待っていた。

これは今日だけでは終わらない。確実に土日もフル出勤かつ残業マックス決定だった。

「勘弁してよぉ」

杏奈はキーボードを避けて机に伏した。もう、涙も枯れ果てている。

杏奈の背後に、そろりと石垣が立った。

「園児以下でごめんなさいね。あなたに〝誰でもできる〟って言われたから、意地になってやってみたら、自分のパソコンがおかしくなっちゃって。それであなたのところのを借りたんだけど、知らないうちに変なところを弄《いじ》ったみたいで……」

どうやらサイバーテロにも匹敵する破壊力は、石垣の努力の賜物《たまもの》だったようだ。

ただ、そう言われたらそうかと納得できる。

こんな変な壊しかたは、多少でも知識のある人にはできない技だった。知らない人間が知らないうちにやったからこその、奇跡の産物なのだ。

「それで～、私がどうにかしようとしたら、余計にわからなくなっちゃったの。ごめんなさ～い。でも、平塚さんにも頼んだのよぉ」

「面目ない。フリーズしたところで止《や》めればよかったんだけど、つい……。大反省してます」

そして、石垣のテロに三富と平塚が加担すると、ここまですごいことになるらしい。

それがわかっただけでも収穫だろう。

結局、杏奈の口からは、「もういいですよ」としか出てこなかった。

それもこんなときだというのに、精いっぱいの笑顔つきで。

「これは私がどうにかしますから、みなさん仕事に戻ってください」

「――でも」

「直した順に確認してもらうことになりますけど、それまで他のことを。まだ、やることが残ってますよね？　今が正念場ですし。ね、石垣チーフ」

「わかったわ。いつもありがとう。恩に着るわ」

先日の後味の悪さが、嘘のように消えていく。

それほど石垣から初めて聞いたばつの悪そうな「ごめんなさい」は、杏奈の気持ちを癒してくれた。その上「いつもありがとう」までもらったのだから、ここから二日、三日は徹夜もできそうだった。

「安心したから、私も売り場に戻りま～す」

「はい。どうぞ」

「あ、俺も外回り。あっと、百目鬼。本当にごめんな。こんなことなら自腹でもいいから、業者を呼べばよかったよ。別にこれぐらいなら俺でもと思ったのが失敗だった……。それに、これまでも――。申し訳なかった。とにかく、行ってくるよ」

「いってらっしゃい」

三富のマイペースな「ごめんなさ～い」も、平塚の「ごめんな」も。そして、この様子を見守っていた周りのハラハラドキドキした顔やホッとした顔も、みんな杏奈を温かい気持ちにしてくれた。

先日どころか、派遣に来てから蓄積してきた鬱憤《うっぷん》が、消えていく――

「さてと」

杏奈は、こうなったら腹を括《くく》るしかないと覚悟し、パソコンに向かった。

作業そのものは、誰にでもできる仕事かもしれないが、作り直すデータの完成形を知っているのは杏奈だけだ。

どんなに優秀な派遣員が来たとしても、これぱかりは杏奈のほうが速いだろう。

しかも、今回は時間厳守の作業だ。

だから、嶋崎も杏奈に固執した。

そう思えば、店にまで出向いて来た理由も納得できる。土下座してもというのは、何が何でも御前会議に間に合わせたい、企画を通すぞという嶋崎の意気込みであり執念だろう。

ただ、いざ作業を始めてから杏奈は気がついた。

(あれ、ちょっと待って。さっき平塚さん、自腹でどうこうって言わなかった？　そもそもここまで早急だったら、嶋崎室長が自腹を切っても業者を呼ぶとかって発想にならない？　うちの店に五万払うぐらいなら、そのほうが早いわよね？　もしかしたら、もっと高くつくかもしれないけど、二日間を無駄にするぐらいなら、業者を呼んで復旧してもらったほうが、絶対に楽じゃない？)

まさかと思い、杏奈は室内を見渡す。

嶋崎はすでにデスクに着いており、頬杖をつきながら杏奈を見ていた。

「さすが頼りになるな、百目鬼は。俺もできるだけ手伝うから、よろしくな」

(うっ！)

目が合うなり満面の笑みを向けてくる。

杏奈はその瞬間、やられた！　と感じた。

こんなときだというのに、嶋崎が即日業者を呼ばなかったのは、杏奈をこの場に引き戻すためだ。

派遣会社とどんな形で話をつけたのかはわからないが、代わりを受け入れる気がない旨を主張し、杏奈を再度迎え入れたのだ。

「でしたら嶋崎室長は、最終確認だけしてください。ここでまたミスされて直しが増えたら、目も当てられませんので」

なんだか自分ばかりが振り回されている気がして、杏奈は珍しく憎まれ口を叩いた。

本当に苛立ったわけではなく、何か一言言い返さなくては気が済まなかっただけだ。

「了解」

嶋崎が嬉しそうに笑って言う。

「っ！」

不覚にも杏奈の胸がキュンとなった。

それぐらい今の嶋崎の笑顔は、子供のそれのように輝いていた。

すべてが思い通りに行って満足したのだろうが、彼は息巻いた杏奈を、余裕で受け止める。

結局、杏奈のほうからプイと顔をそらしてしまう。

（なんなの？　だから、なんなのよ？　本当に！）

先週末は、こんな気持ちで仕事はしていなかった。

少なくとも月曜までは、嶋崎の一言一句に一喜一憂することもなかったはず。

それなのに今、杏奈は嶋崎に心乱されている。それも、不快な意味ではなく……

（どうかしてる――）

そうとしか思えないまま、杏奈は仕事に目を向けた。

目の前の作業に集中することで、これまでにはなかった動揺を無視しようとしたのだ。

「さ、みんな。ラストスパートかけるぞ！　急いで御前会議に備えてくれ」

嶋崎の声が、心地よく室内に響く。

「はい」

それに応える声が、目が、これまでにないほど覇気に満ちていた。

＊＊＊

「はーっ、終わった。どうにか間にあったー」

杏奈が両手を頭上に伸ばし、唸るようにして声を発したのは日曜の夜だった。

パソコン用の眼鏡を外すと、思いがけない達成感と解放感に包まれる。

「ご苦労様。本当にありがとう。助かったよ。こっちに来てコーヒーどう？」

「ありがとうございます。嶋崎室長もお疲れ様でした」

すでに夜の九時を回っていた。

最後まで部屋に残って奮闘する羽目になったのは、杏奈と嶋崎だった。

最終確認があるため、このメンバーになったのだ。杏奈は作り直したデータの刷り出し見本を持って、嶋崎のいる応接セットへ移動した。

部屋の一角に設置されているそこは、来客時にはパーティションで仕切れるようになっている。三人掛けのソファが二つ、テーブルを挟んで対面でセットされており、嶋崎は先に腰かけていた。

「これ、確認をお願いします」

「ああ」

杏奈は刷り出しを渡すと、辺りに来客用の灰皿がないか見渡した。

すると、嶋崎が書類を手に聞いてくる。

「そういえば、金曜から拘束する羽目になったけど、店のほうは大丈夫だった？」

とてもサラリと出てきた問いかけだった。

それは杏奈が見つけた灰皿を、何の躊躇《ためら》いもなく手にしたことと変わらない自然さだった。

（――あ、こういうことだったのか）

この三日間、杏奈はこれまでになく嶋崎や他の者達と顔を合わせて仕事をしていた。

何度かお弁当を買ってきて、ここで食事休憩も一緒にとった。

しかし、そのとき嶋崎は、一度として上着の懐《ふところ》に忍ばせているだろう、煙草とライターに手を伸ばすことはなかった。

思い出してみれば、企画室の飲み会のときでさえ、喫煙姿は見たことがない。

案外、嶋崎にとって〝自分が喫煙者だ〟ということは、杏奈のクラブ勤めと同じぐらい秘密にしてきたこと、完全にプライベートなことだったのかもしれない。

(そういえば以前給湯室でも、こんなふうだった。あのとき嶋崎室長は、仕事モードというより、プライベートな感じで話しかけてきていただけだったんだ)

そう考えたら、杏奈は妙に申し訳なくなってきた。

その反面、なぜか同じほどの高揚を覚えた。

鼓動が速まるのを感じながら、来客用の灰皿を持ったまま立ち尽くす。

杏奈は、なんだか気づかなくていいことに気づいてしまったような、かといって、気づいたで嬉しいような、戸惑うような、どちらとも言えない気分でそわそわしてきた。

これってなんの胸騒ぎ?

コーヒーは飲まないで帰るべき? と、本気で戸惑う。

「あ、ごめん。そもそもこれが悪かったんだよな。百目鬼の何を知っているわけでもないのに、プライベートに踏み込んで。あの夜だって偶然会っただけなのに、勝手に親しくなったような気になって――」

嶋崎は、黙り込んだ杏奈を見て、また怒らせたと勘違いしたようだった。

手にした書類をテーブルへ置いて、そばに立つ杏奈をじっと見上げてくる。

「でも、これだけは言い訳させてほしい。俺としては百目鬼とあそこで会えて、嬉しかったんだ。昼間にうっかり八つ当たりして、そうとう怒らせたな、これはまずいなと思っていたから、店で笑ってもらえてホッとしていた。昼間の失言を許してもらえた気になっていたんだ」

ここ最近、嶋崎は何かと突然行動を起こしている気がする。そしてそれは、今夜も同じだった。

いきなり切り出されても、杏奈はどうしていいのかわからない。

「けど、考えるまでもなく、あれって仕事だもんな。ニコニコしていて当然で。それに、あの場で百目鬼が気を遣っていたのも、個人的に信頼していたのも永沢であって俺じゃない。百目鬼にとっての俺はただの上司で、それ以上でもそれ以下でもない。それなのに——、全部俺の勘違いや自惚《うぬぼ》れが招いたことだよ。ごめんな、嫌な思いさせて」

嶋崎は席を立つと、改めて身体を二つに折ってきた。

すでに急ぎの仕事は終わっている。これ以上彼が杏奈に気を遣う必要はない。

仕事のためだけなら——

だが、そうではない。それは目の前の嶋崎を見ればわかる。

「いえ、そんな。もう済んだことですし、気にしないでください。そもそも規約を把握していなかった私が悪かったんです。申し訳ありませんでした」

杏奈も慌てて、頭を下げた。

こんなに頭を下げることに抵抗のない男性は初めてで、杏奈のほうが動揺してしまう。

これまで部下に、派遣に、女に、ここまできっちり謝る人には会ったことがなかった。それだけに、世の中にはこんな男性もいたのかと驚き、新たな感動も生まれる。

こうして落ち着くと、今まで杏奈自身にも見えていなかったことが、客観的に理解できる。

今週は頭からいろいろなことが重なって、普段よりイライラしていたことは確かだ。

ふと出てしまっただろう「気が利《き》かない」という嶋崎の言葉にしても、日が違えばもう少し柔軟に受け止められたかもしれない。それは給湯室の話にしても同じだ。

そう考えたら、杏奈は嶋崎に謝る以上に、感謝する必要があると思った。

あのまま辞めていたら、少なからず心にしこりが残ったはずだ。石垣を始めとする室のみんなに対して、今ほど穏やかで温かな気持ちではいられなかった。

嶋崎にどんな思惑があったのかはわからないが、少なくとも杏奈はここへ戻って救われた。

この三日間の仕事をするうちに、まだしばらくはこの銀座桜屋に通うことも決まった。状況的には雨降って地固まるだ。

杏奈にとっては、ここまで打ち解けられた派遣先は、銀座桜屋が初めてだ。

「クールというか男前だな、百目鬼は」

顔を上げると、嶋崎はやれやれという顔つきで杏奈を見下ろしていた。

改めて見た嶋崎は、意外と彫りが深くて、綺麗な瞳をしている。そして、かなり背が高かった。

視線が合った途端に、杏奈の鼓動が大きく跳ねた。なんだかいたたまれなくなってくる。

「でも、だから見逃してたんだろうな。君が持つ本来の女らしさとか美しさとか。なぁ、どうしたら俺は百目鬼の上司以上の存在になれるんだ？　ちゃんと俺個人を見てもらえるんだ？」

ドキドキしているうちに、話はおかしな方向へ転がっていた。

杏奈は無意識のうちに後ずさる。

「それって、仕事に必要ですか」

「いや。必要なのは個人的に。俺自身の願望かな」

（え？）

もしかして、口説《くど》かれているのだろうか？　いや、でもこんなところで口説いてくるはずない。となると、これは幻聴だろうか？　それとも自惚《うぬぼ》れ？

杏奈はますます混乱してきた。

しかし、一歩、二歩下がったところで、杏奈は距離をつめた嶋崎に腕を掴まれた。

「っ！」

嶋崎は杏奈の腕を掴んだまま、ソファへ引っ張る。腰を下ろしながら、「まぁ、座れって」と、杏奈を隣に座らせた。

（何これ？　どういう展開？）

今になって、省エネ対策と称して、半分も明かりが点いていないオフィスに危機感を覚えた。

強引に座らされた杏奈の両膝が微《かす》かに震えて、これでは立ち上がったところで、すぐには走って逃げられそうにない。絶対に足がもつれそうだ。

（どうしよう）

しかし、顔も身体も完全に強張《こわば》っているだろう杏奈の腕を離すと、嶋崎は自分と杏奈の前にコーヒーカップを置き直した。

そして、自分のコーヒーカップを手にして、しみじみと呟く。

「〝ありがとうが先でしょう〟。実はあの一言が胸に刺さって、ずっと苦しかったんだ。最近の自分がどれだけ傲慢になっていたのか思い知ったし。それと同じぐらい、いつの間にか百目鬼にばかり甘えてたんだなって、反省もした」

杏奈は思わず息を呑んだ。

イライラが溜《た》まっていたとはいえ、うっかり口を滑《すべ》らせたあの言葉。あのとき驚いたように杏奈を見ていた嶋崎が、こんなふうに思っていたなんて——

しかも、嶋崎は続けて「これは石垣チーフや平塚達も同意見だったんだ」と漏らした。

どうやら杏奈が休んでいた間に、何かが話し合われたらしい。

(——ということは、今は部下思いの上司モード？)

杏奈は、正直話が仕事のことになってホッとした。

静かに呼吸を整えて、嶋崎の話に耳を傾ける。

「正直言うとさ。俺達は君がうちの正社員を望むことはあっても、簡単に辞めることなんか想像もしていなかったんだ。就職難の世の中だし、派遣とはいえ老舗《しにせ》デパートで働くのは、鼻が高いだろうって。それに、俺達自身が辞めることなんか考えたこともなかったから、ずっと君も同じだと思い込んでいたんだよな。君は普段何も言わないけど、いずれは正社員になりたいって、その一念で黙々と頑張ってるんだろうなって。そう信じて疑ってなかったんだ」

嶋崎は、はじめ片手で持っていたコーヒーカップを、両手に持ち直した。

何気ない手の動きから、彼の戸惑いや後悔が伝わってくる。

そしてそれは、石垣や平塚達の思いでもあったのだろう。

嶋崎は言わなかったが、杏奈の社員希望説を皆が考えたのには、もう一つ理由があったはずだ。

誰が何を言ったところで、杏奈は直《じき》に三十になろうという女性だ。きっと彼女にとって、ここが最後の正念場だろう。将来のことを考えたらこのまま正社員になることを望んでいるはずだ。なぜなら、結婚どころか恋人の影さえ見えないのだから——周囲がそう思っても不思議はない。

そう考えれば、言いかたはどうあれ、石垣や平塚は応援してくれていたのだろう。

杏奈にとっては「喧嘩を売ってるのかしら」と思うことでも、実は激励《げきれい》のつもりだったのだ。もっと正社員を意識して、自身の仕事ぶりをアピールしろ——と。

「でも、実際はそうじゃなかった。君はこの銀座桜屋に執着があったわけじゃなく、ただ自分の仕事に徹していただけだった。だから、俺から〝掛け持ちがアウトだ〟って聞けば、じゃあって簡単に去っていく。夜のほうを辞めますとも言わなければ、内緒にしてほしいと慌てるわけでもない。しかも、今回のことで初めて派遣会社の担当者とも話をしたんだけど、はっきり言われたよ。百目鬼さんはうちの中でも希少な、行き先を選べる派遣員だって」

嶋崎は、その後も両手でコーヒーカップを弄《いじ》りながら、心情を打ち明けた。

いつになく丁寧に話しているのは、これまでの誤解を解くため、そして、これ以上誤解が生じるのを避けるためだろう。

「仕事は速くて正確だし、忍耐強くて評判もいい。契約満期以外の理由で彼女が交代を申し出たのは初めてで、こっちが驚いてるって。ただ、ここで無理強いして、うちまで辞められたら困るので、引き戻すならそちらで努力してほしい。ただし、猶予《ゆうよ》は今週いっぱい。来週には彼女に次の行き先を用意するから、そのつもりでいてほしいって」

嶋崎はいつになく時間をかけて、一つ一つの言葉を選んでいた。

「いや、もう……、派遣会社に鼻っ柱を折られたのは初めてだった。俺の中で培《つちか》われてきた老舗《しにせ》企業勤めのプライドなんか木端微塵《こっぱみじん》って感じだったよ。まぁ、これこそが驕《おご》りの表れなんだけどさ」

杏奈が休んだ、たった二日間のことなのに。

事の始まりから今日まで、たった一週間足らずのことなのに。

嶋崎は、これまで見たことがないぐらい、肩を落としていた。

特に今目の前にいる彼は、杏奈から見て過去最高に凹《へこ》んでいる。

「俺は、サンドリヨンで君に会ったときから、ずっと考えていたんだ。君は正社員への話が来ないから夜が辞められないのか、それとも家に事情があって昼夜働いているのかって。理由を聞いたのも、何か力になれることがあればと思ったからで、別に掛け持ちのことを責めるつもりはなかった。君に言われるまで、ここでは発した言葉のすべてが管理職としてのものになる、君にとっては脅しにもなりかねないってことに、全く気づいてなくて」

杏奈は、知らず知らずのうちに、彼を傷つけてしまったんだろうか？　と思った。

この銀座桜屋に骨を埋める覚悟で働いている、歴史と伝統を背負いながらも未来へ繋《つな》げていくことに心血を注いでいる。そういう場所で誇りを持って生きている人を——

そう思うと、ドキドキしていた杏奈の胸が、ズキズキしたものに変わった。

もちろん杏奈にだって信念はある。細《ささ》やかながら仕事に夢や目標もあるのだが、それでも無性に申し訳なさばかりが湧き起こってきた。

「せっかく永沢という社外でも共通の知人ができて、親しくもなったんだし、俺でよければ相談に乗らせてよぐらいの感覚だった。本当、恥ずかしいよ。俺はこれまで君の何を見てきたんだろうな」

嶋崎はコーヒーカップをテーブルに置いて、深いため息を漏らした。

空になった両手を膝の上に置き、ぶつけどころのない感情を閉じ込めるように握り締めている。

それを見た杏奈は、思い切って口を開いた。

「――仕事を見てくれていましたよ。でも、それは立場上当然のことだと思います」

しかし、杏奈がよかれと思って放った言葉にさえ、嶋崎は苦しそうな顔をした。

「私は嶋崎室長から任された仕事や、それでいただいた評価に不満を覚えたことは一度もありません。頑張ったら頑張っただけの査定はきちんといただきましたから、何も問題はないと思います。とても感謝してます」

きちんと補足し、笑って見せると、少しは浮上したのだろう。嶋崎が口角を上げた。

（そう。嶋崎室長はいつだってちゃんと私の仕事を見てくれた。きちんと評価し、常にやり甲斐のある仕事をくれた。だから私は職場での彼を信頼していたと思うし、尊敬もしていた。けど、それがいつしか過度な期待になっていたのかもしれない……）

杏奈はふと考えた。

〝気が利《き》かないいな〞

あのとき、なぜ聞き流すことができなかったのか。

〝そう。ヘビースモーカーに見えるのに〟

他愛のない言葉にがっかりしたのか。

〝素顔は夜の蝶《ちょう》だもんな〟

不愉快に感じ、それが憤《いきどお》りに転じたのか――

しかし、これらはすべて相手が嶋崎だったから起こった感情で、おそらく別の誰か――何も期待していない相手の言葉だったら、右から左に流していただろう。

少なくとも、ここまでこじれた感情は生まれなかったはずだ。

「百目鬼」

何より、いきなり肩を抱いて顔を覗き込んできた嶋崎に、再び鼓動が飛び跳ねることもなく――

(え？　いつの間に⁉)

いったいどのあたりで気持ちや話を切り替えたのか、嶋崎の顔が部下思いの上司ではなくなっていた。

完全に店で見せた素の顔になっている。

「これでプライベートに踏み込んで来なければもっといいか？」

「それは……」

焦って退くも、逃げられない。

さらに肩を強く抱かれた。

「今後も仕事だけを見て、評価してくれればそれでいい。だからこれ以上踏み込むなってことか？　なぁ、百目鬼。お前、根本的に俺って男には、全く興味が湧かないか？　今、この瞬間も、何を言ってるんだこの男はって、呆れてる状態か？」

「嶋崎室長」

嶋崎の目が、明らかに普段と違っていた。

これまで見てきた中で、一番色気を含んでいる。艶《なま》めかしい目つきだ。

「俺は今、百目鬼杏奈って女に興味津々で、どうしようもないんだ。肌を隠したＯＬ服も魅力的だけど、赤のイブニングドレスはセクシーで鮮烈だった。白は清楚で可憐で、じゃあ黒だったら？　青だったら？　いっそ家ではどうなんだろうって、次々興味が湧いてくる。気がついたら百目鬼のことばっかり考えてる。なんか、好きで好きでたまらなくなってるんだけどな。一人の男として」

杏奈の胸の鼓動が、早鐘のように鳴り響く。

胸騒ぎが止まらない。

混乱するまま、本能的に逃げようとする杏奈を、嶋崎がいっそう強く引き寄せる。

「会社での君の仕事ぶり、そして姿勢は理解したつもりだ。だから、今はそれ以外の君が知りたいと思ってる。もちろん俺のことも知ってもらいたい。それってだめか？　俺みたいな無神経なタイプは無理か？　嫌いか？　付き合えないか？」

（嶋崎室長……っ）

こんなことで三十手前の女が、しかも水商売歴七年の女が慌てること自体、おかしいと思う。

嶋崎だって、ここまで緊張している杏奈の心情など、想像もできないだろう。

しかし、杏奈がこんなシチュエーションに遭遇するのは、かれこれ七年ぶりだ。本気の口説《くど》きに、どう対応していいのかわからない。過去の自分がどうしていたのかさえ思い出せない。

「どうだ、実際のところ？」

(私、本当に口説かれてるの？　嶋崎室長に、私が⁉)

これが店なら、酔っ払い相手なら、いかようにも躱《かわ》しているだろう。

だが、気合の入った化粧もドレスもない杏奈には、こんなときの常套句《じょうとうく》が浮かばない。

それが情けなくて、恥ずかしくて、頬も身体も真っ赤に染まる。恥ずかしがっている自分が一番恥ずかしいという、羞恥の堂々巡りだ。

「駄目なら駄目って言ってくれ。落ち込むだけだから」

「えっ。いや、でも……そのっ」

戸惑いながら、杏奈は思った。

嶋崎は、こんなことで狼狽《うろた》えている自分を見ても、まだ〝素顔は夜の蝶《ちょう》〟だと思っているのだろうか？

それともすでに、部下をやっているときの杏奈のほうが、素の百目鬼杏奈だと気づいているのだろうか？

「即ノーじゃないってことは、迷う域にはいる、ってことだよな。ちょっとは興味があるとか、試しにつき合ってもいいかなぐらいは思ってるとか――」

「っ！」

何一つ聞けないまま、また嶋崎の問いにも答えられないまま、気づいたら、杏奈はキスされていた。

それは軽く、本当に軽く、ふんわりと唇が頬に触れる程度のキスだった。その感触に、かえって胸がキュンとなった。

「違うなら違うって、今言ってくれ。そうでないと、俺は――」

杏奈の肩を抱く嶋崎の手に、いっそう力が入る。

思いがけないアプローチに、杏奈の中で何かが弾けた。そして杏奈の身体から、急激に力が抜ける。

バランスが、保てない――

「百目鬼」

このまま踏ん張りを失くしたら、嶋崎の腕の中に堕《お》ちてしまう。

しかし、それをよしとはできない杏奈の両手が、なけなしの力で嶋崎の胸を押した。

「ち、違う。違います！」

「っ……っ」

嶋崎が、ひどく傷ついた顔をした。

フラれる覚悟はあっても、本当にフラれるとショックが隠せないといった、素直な顔だ。

だが、それと同時に杏奈の両掌《てのひら》には、彼の上着の感触が伝わっていた。

（上質なマテリアル――）

肌が、身体がいっそう熱く火照《ほて》って、その事実が杏奈に一つの答えを突きつけていた。

〝イブニングドレスなんて選ばなきゃよかった〟

あのとき彼を意識していたのは、自分も同じだった。

突然目にしたプライベートな姿に異性を感じ、これまでとは違う興味が起こっていたのは、杏奈も全く同じだったのだ。

おそらく嶋崎が杏奈を一人の女として見た瞬間、杏奈も彼を一人の男として見ていた。

会社では知ることのなかった一面を知り、その姿に惹かれ、新たな何かが芽生えたのは杏奈も嶋崎と同じだった。

無意識のうちに、だがとても自然に、杏奈も嶋崎に対して欲情《こい》していたのだ。

「その、なんていうか。興味とか、試しとか……そういうのは違うかなって」

杏奈は、嶋崎の胸を押しながらも、その指先では下襟《ラベル》の縁をなぞっていた。

とはいえ、自分の感情に気づいたところで、すぐに適切な言葉が出てこない。

「そういうのは、無理かなって」

正直に言ってしまうなら、今さら自分がこんな気持ちになるとは思ってなくて、戸惑っていた。

痛い恋愛経験しかないだけに、どうしていいのか、困惑が先立ってしまう。

だが、こうしている間にも、彼への熱い思いや期待は増していく一方だ。

それが自覚できるだけに、恥ずかしくて目を伏せる。

すると、嶋崎がぷっと噴き、表情を一変させた。

(え?)

ほんの数秒前に見せた落胆は、どこへいったのだろうか?

いきなり額《ひたい》に額をぶつけて、彼はクスクス笑った。

「なら、ちゃんと。本気で、真剣に、全力で付き合おう」

杏奈が驚いて顔を上げると、再びキスをされ、そして両腕で抱きしめられた。

今度は頬にではない。しっかりと唇に――だ。

「……んっ、んっ」

こんな時間なので、リップクリームも落ちて、すっかり唇が乾いていた。

だからか、杏奈は嶋崎の唇に潤《うるお》いを覚えた。

心が、身体が、唇と同じようにしっとりとしていく。

「……んっ……」

唇同士が深く交わるように重なって、意識も理性もすべて吸い取られてしまいそうだ。

あっという間に歯列を割られて、杏奈の舌が彼の舌に絡め取られる。もう、触れただけの最初のキスが思い出せない。

「んんっ、んっ」

いつしか杏奈の両手は、嶋崎の胸から肩へ這い上がっていた。

戸惑う気持ちとは裏腹に、力いっぱい抱き返したくなるのはどうしてなのだろう?

これは自分が嶋崎に対して、不純な気持ちを持っているから？

恋愛感情で熱くなる前に、彼自身に身体が欲情したから？

杏奈はこれという答えが見つからないまま、嶋崎の腕の中に堕《お》ちていく。

「いいよな」

（嶋崎室長――）

いいも悪いも強く抱きしめられた杏奈には、頭を横にふることさえできなかった。しっかりと後頭部を押さえられて、頷くことしか許してもらえない体勢だ。

こうなると、杏奈はせめて酒の上とか酔った勢いという言い訳がほしくなった。

いっそ淹《い》れてもらったコーヒーに口を付けていたら、一服盛ったわねぐらい言えたのに――と。

「はい、は？」

紅潮した頬が冷める兆《きざ》しもないまま、蚊の鳴くような声で「はい」と返した杏奈は、完全に嶋崎に陥落していた。

そうでなくても、杏奈は金曜の朝から仕事ずくめでまともに寝ていないのだ。

その上今夜は、仕事が終わった高揚感に満ちている。

こんな状況での告白なんて、卑怯と言えば卑怯だ。疲労困憊《こんぱい》しきったところで口説《くど》いてキスし、優しく頭を撫《な》でてくる。

冷静な思考なんてできるはずがない。よほど嫌いな相手でなければ流される。多少なりとも好意が芽生えた相手なら、回避不能だ。

「よかった」

ただ、流されるままに答えてしまった杏奈に、嶋崎は嬉しそうに笑って見せた。見せられる方が照れくさくなるぐらい、安堵した顔で。

(本当に、そう思ってる？　思って、くれてる？)

嶋崎への意識が深まるたびに、杏奈は彼への好きが増す気がした。

こうしている今も、一秒ごとに好きになる。一秒前より、確実に好きになっている気がして、鼓動ばかりが高鳴った。

(――なんか、ズルい。何がどうって言えないけど、すごくズルい)

経緯はどうあれ今この瞬間、杏奈は嶋崎に恋をし始めたことを実感していた。

肉体的な欲情だけでなく、もっと強く心が反応し始めたことに、悦《よろこ》びさえ覚えた。

「百目鬼……、この後の予定は？」

「家に帰って寝るだけですけど」

「それ、俺の腕の中にしない？」

「……っ」

短い会話。

たったこれだけのことだったが、数分前とは何かが変わっていた。

目の前で微笑む嶋崎に、杏奈の中で忘れていた恋の高揚が蘇《よみがえ》る。

「な、そうしよう」

三度目のキスに、言い訳はきかない。

杏奈は彼の誘いに唇で同意した。

（今さらだけど、これってオフィスラブ？　私はまだ、恋ができるの？）

そんなことを思っていると、急に嶋崎の胸元からバイブレーションが伝わってきた。

「――と、ごめん」

名残惜しそうにしながらも、嶋崎は杏奈から離れて、席を立ちスマートフォンを取りだした。

御前会議の前夜だ、誰が何を確認してきても不思議はない。それがわかっているので、すぐに嶋崎は気持ちを切り替えたのだろう。

杏奈もテーブルに置かれた資料の刷り出しに手を伸ばした。

はぐらかされたような、ホッとしているような、なんとも言えない気持ちでいっぱいだ。

資料を掴んだ指先が、自然と震える。

「もしもし。なんだよ、永沢か。どうしたんだよ――え？　それ本当か!?」

だが、電話の相手は永沢だった。

それにもかかわらず、嶋崎の顔がますます仕事モードになっていく。

「すぐに行く。絶対にすぐに行くから、何が何でも引き留めといてくれ。本当にありがとう。すぐに行くから待っててくれ。じゃあ！」

興奮気味に話を終えると、通話を切ってデスクへ走った。

「ごめん。今、永沢が〝Real Quality〟の社長と飲んでるんだ。君なら知ってるだろうけど、

〝Real〟は今回のコラボ企画で依頼したいブランドの筆頭候補だ。あいつが社長と知り合いだって言うから、もし会うことがあったら紹介してくれって頼んどいたんだ。そしたら、すぐに動いてくれたみたいで――信じられないよ！　こんなタイミングで。ラッキーなんてもんじゃない」

杏奈が声をかける間もなく、矢継《やつ》ぎ早《ばや》に説明してくる。

そうして、手早く荷物をまとめると、嶋崎は鞄を抱えて杏奈のところへ戻って来た。

「とにかく、先に打診できるだけでも、明日の御前会議の切り札になる。だから、悪いけど続きは明日の夜。どうせなら企画を通したあとの褒美《ほうび》ってことにしてくれると、俄然《がぜん》俺は張り切れる」

ポカンとしている杏奈の額《ひたい》に、嶋崎はチュッと音を立ててキスをする。

「みんなが、そして君が頑張ってくれた企画だから、何がなんでも成功させたい。だから、本当に今夜はごめん。いろいろ中途半端で」

そして、何を思ったのか嶋崎はスーツの懐《ふところ》から財布を取りだした。

「あと、これ。今夜はタクシーを呼んでくれ。とにかくあとで連絡するから、絶対に真っ直ぐ家に帰ってくれ。間違っても寄り道はするな。今のお前、フェロモンだだ漏れだ。そのままフラフラしたら、必ずナンパされるから。いいな、わかったな。帰宅はタクシーだからな」

一気にそれだけを言い、杏奈に一万円札を手渡すと、「じゃあ、行って来る」と嶋崎は走り去った。

フットワークの軽さは、さすが現場からの叩き上げとしかいいようがない。

しかし、深夜のオフィスに一人でポツンと残された杏奈の頬は、まだ紅潮したままだった。

「……え？　何が起こったの」

手には刷り出しの資料を持っていたが、心も身体も火照《ほて》ったままで、「フェロモンだだ漏れ」とか言われたところで、そう仕向けたのはどこの誰だという話だ。

それなのに、「タクシーを呼んで帰ってくれ」!?

「――っていうか、この刷り出しの確認は？　どうせ仕事で行くなら持って行ってよ、私の苦労の結晶を！」

杏奈は、行き場のない感情のまま資料を持って、席を立った。混乱のあまり、大きな声で独り言を言ってしまう。

一瞬床へ投げてしまおうかと思ったが、一緒に握った一万円札を目にすると、恥ずかしさが込み上げてくる。

「だいたい、どうして私が御前会議のご褒美《ほうび》にならなきゃいけないのよ。続きは明日の夜って、私にはお店があるのよ。お店が」

その後は気持ちが落ち着くまで、ウロウロしながら文句を言う。

「いきなり全部一人で決めちゃって、何一つ反省も改善もできてないじゃないのよ、横暴上司。もう、信じられない！」

自棄酒《やけざけ》ならぬ自棄コーヒーを、しっかり二人分飲みきった。

「うっぷ。なんだか本当に熱が出てきた気がする。頭もクラクラしてきたわ」

一度火照《ほて》った身体は熱いまま、冷めることはない。

〝なら、ちゃんと。本気で、真剣に、全力で付き合おう〟

彼の声が、言葉がずっと耳に残っている。

「もう、いっそのこと明日は休んじゃおうかな。やることはやったし、馬車馬みたいに働いたし。休んでもいいよね？　代休でいいわよね、代休で」

結局杏奈は、言われた通りにタクシーで帰宅した。

部屋に入りクーラーを効かせたのに、心も身体も熱くて、どうしようもない。

「——もう、室長の馬鹿。電話もこないじゃないよっ。これって、本当に明日の朝一で確認してくれるんでしょうね!?　それに、どうなったのよ〝Real Quality〟のほうも！」

結局、まともに寝ていない日が続いたというのに、杏奈は今夜も寝付けない。

電話を待ちながら深夜すぎまで資料を抱えて、文句を言い続けてしまった。

5

嶋崎から電話がきたのは、深夜の二時を回った頃だった。

『今夜はいろいろとごめん。今、解散したところだよ。急なことだったけど、出かけた甲斐あって、いい感じに話ができた』

こんな時間に連絡をしていいものか、朝をまつべきかとかなり悩んだようで、まずは謝罪をしてくれた。

だが、朝まで連絡をしないと、告白したこと、交際を始めようと言ったこと、何よりＯＫをもらったことそのものがうやむやにされそうで、それならばと意を決して電話をかけたとも打ち明けてくれた。

『――だって、ほら。なんか百目鬼って、何に対しても切り替えがいいからさ』

照れくさそうな、それでいてどこか不安そうな気持ちが伝わってくる。

杏奈からすれば、嶋崎ほどの男性がどうして自分に？　恋愛《こい》の相手など、いくらでもいそうなのに？　とどうしても思う。

本当は、からかわれただけではないかと、心のどこかで疑いが残っていたが、それさえ彼は見越していたらしい。かなり念を押された。

『さっきも言ったけど。俺は君と本気で、真剣に、全力で付き合うから。明日になったら冗談でしたなんて、間違っても言わないでくれよ』

受話器を手にしながら、杏奈は頬を抓《つね》るだけでは事足らず、いっそこの会話を録音しようかと思ったほどだが、さすがにそこまではできなかった。

これが夢でも、信じてみよう。

まずは彼の言葉を、思いを信じてみるところから始めてみよう。

そうでなければ、今になって恋愛なんてできるはずがない。

本気で、真剣に、全力でとまで言ってくれた嶋崎に対して、杏奈が返せるのは、その気持ちを信じることしかない気がして——

杏奈は震える手で受話器を握り続けていた。

『じゃあ、明日の会議は全力でぶつかってくるから。あ！　肝心のプレゼン用の資料は、朝一で必ず確認する。だから、今夜はこれでおやすみ』

そうして短い会話を終えた。

通話時間だけを見るなら五分もない。

しかし、資料を抱えたまま寝付けずにいた杏奈にとって、嶋崎からの連絡は安堵と安眠をもたらしてくれるものだった。

本来なら、こんな深夜に電話をかけるような人ではない。だからこそ、杏奈は彼が見せた非常識さが、喫煙する姿と同じぐらい嬉しく思えた。

嶋崎博信にとって、百目鬼杏奈という人間が特別な存在なのだと感じられて……

＊＊＊

翌日の月曜日。午前中のこの時間、嶋崎達は御前会議真っ最中だった。企画営業室では、誰もが会議を気にかけ、全体的に落ち着きを欠いていた。

杏奈も仕事こそしていたが、時折パソコン画面右下に表示されている時計を見ては、ため息を漏らしている。

（嶋崎室長――プレゼンテーションは上手くいってるのかしら？）

そうして昼を回った頃、待ちに待った結果が届いた。

「決まったぞ！　プレゼン企画、すべて通った!!」

喜び勇んで部屋に入ってきたのは平塚だった。

「百周年祭スタートからクリスマス商戦に向けて、新作コラボのシリーズの打ち出し。同時に〝ジュエリー・ＳＡＫＵＲＡ〟のグランドセールも組むから、皆もそのつもりで動いてね」

彼の背後から、石垣が入ってくる。本来なら先陣を切って部屋に戻ってきそうな室長の嶋崎は、最後にやってきて歓声が上がった室内を見ながら「そういうことだ」と付け足すにとどまった。

手柄は部下に譲る、ではないが、まさにそんな光景だ。

杏奈はこんなところにも、嶋崎の人となりが表れているような気がして、企画が通ったことと同じくらい嬉しく感じた。

「それにしても、肝が据わってるっていうか、なんていうか。このままいったら桜川専務と大喧嘩になるんじゃないかって、ハラハラしたよ」

ちょうどランチタイムに入ったこともあり、興奮冷めやらぬ平塚が、部内の者達に話し始めた。

「桜川専務は、実力がある分、プライドも高いからね。ああ言われたら、やってやろうじゃないかってなるのを理解した上での駆け引きでしょうね」

よほど高揚していたのか、石垣までもが語り始める。

杏奈も皆と一緒に耳を傾けた。彼らによる、会議の様子はこうだった。

銀座桜屋の御前会議は、月曜日の十時から大会議室で行われた。

議題は、来期──十月一日──から一年にわたって開催される、銀座桜屋・創立百周年記念祭の企画についてだ。

ここで波乱を呼んだのが、嶋崎と石垣、平塚による宝飾部門の企画販売プレゼンテーションだった。新企画の発表は案の定、保守派役員達の顔色を変えたのだ。

「ふざけるな！　この大事なときに、なんの冗談だ。君達はこの銀座桜屋で、何年宝飾部門に関わっているんだ。他ブランド導入だけでなく、コラボレーション品を製作販売するなんて──。私の顔どころか、桜屋の看板に泥を塗る気か！　まさかこの銀座桜屋の前身である〝桜川宝石店〟の名を、忘れたのではないだろうな」

特に激怒したのは、〝ジュエリー・ＳＡＫＵＲＡ〟のチーフデザイナー・桜川専務だ。彼はテーブルを叩いて立ち上がった。

だが、桜川専務の反対や激昂《げっこう》は、覚悟の上だ。嶋崎は慌てることなく対応する。

「いいえ。すべて承知の上です。我が社の要《かなめ》となる宝飾部門に長年籍を置くからこそ、このプランになったのです」

「嶋崎」

「桜川専務がおっしゃった通り、この銀座桜屋が宝飾店〝桜川宝石店〟からはじまったことは、誰もが知るところです。今現在でも、エンゲージリングに選ばれる宝飾ブランドとして、国内でもトップクラスの地位を確立しています」

嶋崎は、プレゼンテーション用の資料を手に、説明を続けた。

「――ですが、お配りしたアンケート資料を見ていただいてもお分かりの通り、年々お客様の平均年齢が上がっております。エンゲージリングを購入されるのは二十代から四十代のお客様が大半を占めるにもかかわらず、〝ジュエリー・SAKURA〟の購買層の中心は五十代から七十代。エンゲージリングを求めてくださるお客様にしても、半数以上が両親、祖父母世代の勧めで選んでいるのが現実です。エンゲージリングでさえこの数字ですから、普段使いに〝ジュエリー・SAKURA〟を選んでくださる若年層は本当に少ないということです」

プレゼンに参加している石垣は、年齢的には桜川専務に近い。銀座桜屋の主軸となる客層にも近いし、本来ならば保守的な考えに止まっても不思議ではない。

しかし、彼女はあえて改革を求める嶋崎達に賛同した。

長年勤めてきた銀座桜屋の発展を心から願うからこそ、戦友ともいえる桜川専務に、一太刀浴びせる側に回ったのだ。

「それの何が問題なんだ。そもそも〝ジュエリー・SAKURA〟の売りの一つは、どこに出しても恥ずかしくない高品質だ。最高クラスの素材にデザイン、加工技術。そして伝統と歴史だ」

それでも桜川専務は、どこ吹く風だった。手元に置かれた資料を、改めて持ち上げるとテーブルにたたき付ける。

同席していた平塚ら若い世代が、そろって肩を震わせた。

「それで国内トップの地位であるなら、私達もこのような改革は申し出ません。しかし、今現在〝ジュエリー・ＳＡＫＵＲＡ〟は人気、販売力共に五指には入るものの、決してトップではありません。現状に甘んじていたら、いずれは五指から落ち、十指からも落ちてしまうでしょう。なぜなら購買層は今この瞬間も、世代交代をしていくからです」

「――嶋崎」

普通ならば言い難いだろうことを、嶋崎は臆することなく発し続けた。

桜川専務の苛立ちは増すばかりだったが、それでも嶋崎は引かない。堂々と目を合わせて、思いを伝えていく。

「だからといって、誤解なさらないでください。私は桜川専務やデザイン部の皆さんの作品が今後の世代に通じない、受け入れられないから他ブランド導入を主張しているのではありません。十分通じるはずだと信じているから申し上げているのです」

いつしか会議室内には、嶋崎の切実な訴えだけが響き渡っていた。

「言うまでもなく〝ジュエリー・ＳＡＫＵＲＡ〟のメインモチーフである桜は、世代を問わない日本の象徴花です。表現の仕方によって上品にも可憐にも見せることのできる素晴らしいもので、国内外でも評価は高いと思っています。ただ、それを十代、二十代に提供しようと思ったときに、〝ジュエリー・ＳＡＫＵＲＡ〟の価格設定では無理があります。せめてゼロを一つ落とした価格の新シリーズが必要です」

この点は、すでに誰もが気づきながら見ないふりをしてきたものだった。銀座桜屋宝飾部門内での一番の問題点ともいえる。嶋崎はもっと前からこれに対して改革をすべきだと考えていた。

それを今日まで待ったのは、宝飾部門を、そして桜川専務を筆頭とする保守派達をあとがない状況にまで追い込むためだ。

「かといって、これまでのブランドイメージと全く異なるデザイン勝負のみの低コストシリーズをいきなり出せるかと言われたら、そういうわけにはいきません。社内でも抵抗があるでしょうし、既存のお客様の印象も心配です。仮に百周年祭の名を借りたとしても、桜川専務のおっしゃる保証された高品質というイメージに傷をつけては意味がない」

嶋崎の思惑や意図は理解しているだろうに、それでも桜川専務は渋い顔をし続けた。

「だから、安価ブランドとのコラボで、〝ジュエリー・ＳＡＫＵＲＡ〟の名を傷つけない程度に品質や価格を落とせと言うのか。そんなものは所詮一時しのぎ――」

「〝Real Quality〟は決して安価ブランドではありません！」

「〝Real Quality〟だと？　お前は比嘉《ひが》の服飾ブランドと〝ジュエリー・ＳＡＫＵＲＡ〟をコラボさせようと企んでるのか⁉」

ここで嶋崎がコラボ企画を考えている会社名を出すと、桜川専務がますます声を荒らげた。

桜川専務も、〝Real Quality〟がどんなブランドであるのか、また社長である比嘉氏がどんな人物であり、どういうコンセプトで物作りをしているのかを、十分知っているようだ。

「はい。そうです。〝Real Quality〟は、近年二、三十代の女性の圧倒的な支持を受けて、一躍有名ブランドとなっています。メインは服飾ですが、バッグや装飾品にも力を入れており、オリジナルブランド品の価格設定も、決して安価ではありません。低価格な金属や天然石をメインに使用している装飾品としては、リング一つをとっても最低価格が一万円前後と高いほうでしょう。しかし、〝Real Quality〟を好む購買層には、それをデザイン料として受け入れる素地があります」

嶋崎が熱心に言葉を発するも、桜川専務の態度は一貫していた。

——話にならない。

そう思っているのが、誰の目にも明らかだった。

それほど〝ジュエリー・SAKURA〟と〝Real Quality〟は対局にあるブランドだ。

かたや徹底した高級志向、かたや良品質な普段使い。宝飾品と装飾品の溝は深く、また立ちはだかる壁は高いということだ。

だが、それでも嶋崎はプレゼンテーションを続けた。

「ですから、まずは〝Real Quality〟を好む層に、私は〝ジュエリー・SAKURA〟の持つ魅力を知ってほしい。店頭に足を運び、直に〝ジュエリー・SAKURA〟が生み出すものが、どんなジュエリーなのかを知ってほしい。聞いたことがあるだけでは、わからない。見て、手にして初めてわかる宝石の輝きや生命力を実感してほしいんです」

ここで桜川専務を説得できなければ、これまでの努力が無駄になる。百年を機にできないことが、今後できるとは思えない。そうでなくても、年々宝飾品への関心そのものが下がっているのだ。

婚約指輪や結婚指輪に対する考えかたも価値観も変化してきている。

すでに何年も前から、ブライダル業界が格安の結婚披露宴を売りにする時代なのだ。

嶋崎は思い余ってテーブルを叩いた。

「そのきっかけとして、まずは期間限定でいいんです。〝Real Quality〟とのコラボ商品開発を手掛けて、これまで〝ジュエリー・SAKURA〟に目を向けなかった層の興味を惹く。そこまでは企画販売室である私達の仕事です。ですが、そこから先――新たな顧客に〝ジュエリー・SAKURA〟自体の魅力を伝えるのは桜川専務、そしてデザイン・製作部の仕事かと思いますが、いかがでしょうか？」

嶋崎のテーブルから発せられた音は、さほど大きいものではない。先ほど桜川専務が感情に任せて行ったような、威嚇《いかく》でもない。

ただ、それには、嶋崎の本気の危機感を訴えるものがあった。

と同時に、このままでは衰退していく一方だとわかっているのに、何もしないでいるのか？ それともいずれ来るだろう幕引きを、桜川専務自身がしてくれるのか？ まさか、都合の悪いことだけすべて次世代に丸投げする気じゃないだろうな？ という問いかけが含まれていた。

「……」

さすがに桜川専務も口を噤《つぐ》んだ。すぐには返答をしない。

すると、これまでいっさい発言をせず、聞くことに徹してきた常務の桜川陽彦が資料を手に身を乗り出した。

「――ようは、最後の最後に今後の行方を決めるのは、〝ジュエリー・SAKURA〟の商品そのものってことだよね」

やんわりとした口調だが、核心に切り込む。

それを聞くと桜川専務が、一瞬唇を噛んだ。

「嶋崎室長は、この銀座桜屋までの誘い水として他ブランドを活用してみたいと言っているだけで、専務やデザイン部に〝Real Quality〟と協力してコラボ品を作ってほしいと言っているわけではない。〝Real Quality〟側に、百周年祭を口実に、一度外注品の製作販売を手掛けてもらい、そして、そこに今現在ついている若いブランドファンがゆくゆく婚約・結婚するときには、ぜひとも我が社のリングを――という、長期的な販売戦略を見越してるってことで」

桜川常務は嶋崎や企画販売部の意図を再確認するように、また桜川専務やデザイン・製作部が誤解することのないように、今回の企画の要点をまとめていく。

すると、「なんだ、そういうことか」とようやく納得する者がちらほら現れてきた。

嶋崎と桜川専務のやり取りに圧倒されて、企画販売室の意図を正しく理解できていなかった者達も多かったようだ。

桜川常務が軽い言葉で助け舟を出したのは、そういう者達をまずは納得させるためのものだ。

「とても、いい企画じゃないですか。一年通しで行う百周年祭です。〝Real Quality〟のネームバリューに期待するなら、後半突入前には引き水効果がどの程度あったのかという結果も出るでしょうし、その間長年の顧客から、〝ジュエリー・SAKURA〟自身でも、こんな手頃の価格のシリーズを出したらいいのにという要望が起こるかもしれない」

そうして、桜川常務はこの企画の利点を明確にしていく。

特に誰が何を言ってくるわけではないが、この場の沈黙は同意と同じだ。

たとえ小さくでも頷いて見せれば、賛成の意思表示となる。

「宝石は不思議なもので、見れば見ただけ模造と本物の違いを目で覚えていく。基礎的な知識よりも、やはり多くを見比べることが一番理解を深めると、私は思いますよ」

桜川常務は、最後の最後に叔父である桜川専務に言葉を投げかけた。

「見なければ始まらない――。ならば、見せる場を用意すればいい。しかも、この企画には、今後さまざまな方向へ進むことのできる可能性や選択肢が多数含まれています。下手なバーゲンセールを組むよりは、よほど実りのある企画だと思います。〝ジュエリー・ＳＡＫＵＲＡ〟のみならず、〝桜川宝石店〟から始まった、この銀座桜屋にとってもね」

「――うむ」

渋々ではあったが、桜川専務も了解したようだ。

桜川常務の後押しで、結果的に嶋崎達が提示した企画すべてにＯＫが出た。

二時間ほどの御前会議が終了したときには、皆が一丸となって、百周年祭開幕へ向かうべく決意を新たにしていた。

「――それにしても、甥っ子である桜川常務の援護射撃が効いたわ。嶋崎室長がコラボ相手に上げた〝Real Quality〟も的確だった。あそこの社長兼デザイナーの比嘉氏と桜川専務は学生時代からのライバル。作風も考えかたも対照的だから、そうとう負けん気を煽《あお》られたはずだもの」

石垣と平塚の話から知った御前会議の詳細は、杏奈にとってとても嬉しい内容だった。嶋崎に聞いても、絶対に教えてくれないだろう彼の活躍ぶりを聞けただけでも満足だった。

これまでにないほど胸が熱くなる。

「なんにしても、百年の歴史を俺達の手で覆《くつがえ》すってことで！　ね、平塚先輩」

「本当、絶対にこの企画は成功させたいよ。ずらりと居並ぶ幹部達の前で、正々堂々と俺達の仕事がなんなのかをはっきりと示してくれた、勇敢な上司のためにも」

盛り上がる新人や平塚の目が、いつも以上に生き生きと輝いていた。

杏奈にも自然と笑みが浮かんでいた。

「あ、もちろん！　縁の下の力持ち、功労者の一人でもある百目鬼のためにもな」

突然、平塚から話を振られた。

杏奈は反射的に席を立って、頭を下げた。

「――ありがとうございます。そう言ってもらえるだけで、嬉しいです。疲れも飛びました」

派遣事務所や派遣先から高評価をもらうことはあっても、直接同僚から声をかけられたのは初めてだった。

「いやいや。改めてお礼はしないとって思ってるよ。連日無理させたから、飯でもさ」

「平塚さん」

こういう経験をしてしまうと、職場に情が湧く。自分の立ち位置はわかっているが、仲間の端っこぐらいには置いてもらっている気がして、とても照れくさい。

（辞めなくてよかった）

杏奈は心からそう思った。

すでに先週、ここへ戻ったときから感じてはいたが、今の気持ちとは比較にならない。

（これも嶋崎室長のおかげだわ）

杏奈は素直に感謝することができた。着席しながら嶋崎がいる上座に視線を向けた。

資料を手にする嶋崎と目が合い、いっそう胸がときめく。

（うわっ。最上級な破顔！　よっぽど嬉しいのね）

一瞬のことだったが、杏奈を見て笑った嶋崎の顔はとても満足げだった。

全身から溢《あふ》れ出すような喜びを向けられ、杏奈のほうが恥ずかしくなってしまう。

（——でも、それもそうか。なんだかんだ言っても、一番努力してたのは嶋崎部長だもんね。実際企画案から何から陣頭指揮をとってきたんだし）

杏奈は視線をパソコンに向け直すも、嶋崎のことが頭から離れなかった。

その場にいるだけで満ち足りた気持ちになれたこともあり、結局ランチを食べに行くこともなく、昼休みをデスクで過ごしてしまった。


どんなに気持ちが満ちていても、時間が経てば小腹ぐらいは減るものだ。杏奈は作業がひと段落すると給湯室へ向かった。

買い置きのコーヒーで空腹を凌《しの》ごうと思ったのだ。

すると、背後で給湯室の扉が開いた。

「百目鬼」

「っ、はい！」

「俺にもコーヒーを淹《い》れてくれる？」

「はい。ブラックでしたよね」

杏奈が一人になるのを待っていたように声をかけてきたのは、嶋崎だった。

彼はスーツの懐《ふところ》から煙草を取りだし、換気扇のスイッチに手を伸ばした。

さしずめ勝利の一服というところだろうか？

嶋崎は深呼吸をしてから、手にした煙草に火をつけて吹かした。

何度見ても様になる姿だった。煙が杏奈にいかないように気遣っているためだろうが、手にした煙草や横顔が換気扇に向けられて、少し上向きなのがセクシーだ。

無意識のうちに杏奈の目が、彼の顎の付け根から首筋に向いてしまう。スーツの袖から覗く硬質な手首にまで色気を覚えたのは初めてかもしれない。

「よく考えたらさ、今のところ君のアフターって水曜しか空いてないんだよな？」

半分ほど吸ったところで、嶋崎が聞いてきた。

「え？　あ、はい」

杏奈は慌ててコーヒーのほうへ視線を逸《そ》らす。会話と行動がちぐはぐだ。

「まさか土日も仕事を入れてるの？　君の派遣会社って、確か販売系も請け負ってるんだろ」

「いえ、さすがに土日は。サンドリヨンも祝日はお休みですから、土日祝日は完全休業です」

淹れたてのコーヒーを差し出しながら、杏奈が視線を嶋崎へ戻した。

それを見た嶋崎が微笑む。

「そっか。ありがとう」

特に何か言ってくることはなかったが、杏奈の頬が紅潮する。

嶋崎は吸いかけの煙草をシンク脇に置かれていた灰皿に置いて、コーヒーの入ったカップを受け取った。

その仕草を見ていると、否応なしに昨夜のことが思い起こされる。

〝悪いけど続きは明日の夜。どうせなら企画を通したあとの褒美《ほうび》ってことにしてくれると、俄然《がぜん》俺は張り切れる〟

（そういえばあれって、今夜のこと？）

杏奈の頬がますます火照《ほて》った。

すると、コーヒーを飲みながら嶋崎が言ってくる。

「じゃあ――一番早いところで明後日。水曜にでも食事どう？」

「え」

意識が今夜に向いていたためか、杏奈は嶋崎から「明後日」と言われて拍子抜けしてしまった。

冷静に考えれば、昼夜仕事を掛け持ちしている杏奈に対しての配慮だとわかる。

しかし、意表を突かれた杏奈の戸惑いを深読みしたのか、嶋崎が慌てて付け足してきた。

「いや、その前にメアドの交換からか。今どき電話番号しか知らないんじゃ、話にならないもんな」

スーツの懐《ふところ》からスマートフォンを取りだして、杏奈に見せながら笑ってくる。

「——はい」

杏奈はスマートフォンを取りだしながらも、自分の気持ちを正しく伝えられない申し訳なさで、うまく反応できない。

(何してるんだろう。私)

誘われたことは嬉しい。

嶋崎の気遣いはわかるし、誤解を招かないように注意深く接してくれているのも、会話の端々から伝わってくる。嶋崎にそういう態度をとらせているのは、ひとえに杏奈自身のこれまでの振る舞いのせいなのだ。

(アドレス交換みたいに簡単に思いをやりとりできたら、楽なのにな)

赤外線操作でアドレスデータを交換するのはあっという間だ。

「試しにメールを送ってみていい?」

「はい?」

戸惑う杏奈に嶋崎は、その場でメールを打ってきた。

(目の前にいる相手から、仕事ではないメールをもらうのがこんなにドキドキすることだったなんて——)

すぐに手の中でスマートフォンが振動した。

「来ました」と言ってその場で開く。

【改めて――水曜の仕事終わりに食事しない？】

目を見開いた杏奈を見て、嶋崎が笑う。どこか照れくさそうにコーヒーカップに口をつけている。

速まり、高鳴るばかりの鼓動を胸に、杏奈も返事を書いて嶋崎に送った。

【――はい。喜んで】

短くて味気ない一文だが、これ以上の言葉が思い浮かばなかった。

届いた返事を確認すると、嶋崎は「やった！」と口に出して、嬉しそうに笑う。

たったこれだけのことだったが、杏奈は覚えのない高揚感や幸福感に包まれた。

「よかった。〝喜んで〟までついてて。あ、苦手なものはある？」

「いいえ。好き嫌いはありません」

「そう。じゃあ、俺が店を選んでもいい？」

「はい。お任せします」

他愛ない会話に胸が弾む。急速に彼に惹かれていくのが自分でもわかる。

こんなに誰かを意識するのは、七年ぶりのことだ。

だが、七年前と明らかに違うのは、杏奈が嶋崎とのやり取りに逐一穏やかで落ち着きのある安心感を覚えていることだ。それでいて、さりげないところで胸がときめく。

今、この瞬間もそうだ。杏奈は彼の笑顔や言葉に安堵しながらも、スマートフォンを持つ手や指の先に目が行くと、自然に顔が熱くなった。

こめかみが、頬が、昨夜彼の唇が触れた部分が、特に火照《ほて》っているように感じる。

(どうかしてる)

昨夜の嶋崎が積極的だったのを思い出して、つい意識してしまうのだろう。

だが、それにしたって——と、杏奈は思った。

こんなに誰かに抱かれること、肌を合わせることを意識したのは初めてだ。それも会社でなんて——と。

(これじゃあまるで発情期……っ!?)

不意を突かれたようにキスをされた。

(——嶋崎室長)

ほのかにコーヒーの香りがする。

杏奈は、自分の欲情を見透かされたような気になり、嬉しいよりも恥ずかしくなった。

だが、彼からのキスが少しだけ強く、そして深くなると、杏奈は羞恥心さえわからなくなった。

この瞬間に湧き起こる充実感に身を任せ、心ごと嶋崎に預ける。

しかし、給湯室の外からは絶えず人の声がする。今も誰かが足早に通りすぎ、杏奈はその気配に全身を震わせた。

「と、まずいまずい。理性が崩壊寸前だった。ご褒美《ほうび》は水曜日って決めたばかりなのに」

嶋崎は名残惜しげに唇を離すと、そう言って笑った。

スマートフォンを胸元にしまってから空のカップを持ってシンクへ向かう。

「っ、私が」

咄嗟に言葉と手が出たが、嶋崎は手早くカップを洗い流して、元の場所へ戻していた。

「これぐらいは自分でするよ。仕事に夢中になりすぎて、一人暮らし歴もけっこう長いから。こういうことは、悲しいぐらい身についてる」

彼の視線が杏奈のカップにも向けられたが、それは全く手がつけられていなかった。

空腹を満たすつもりで淹《い》れたコーヒーを飲む前に、胸がいっぱいになってしまったのだ。

こうして嶋崎が目を向けるまで、杏奈はコーヒーの存在さえ忘れていたほどだ。

「お買い得な男だろう。俺」

「――っ」

それはいったいなんのアピール？　と勘繰ってしまう。

「じゃ、またあとで」

そう言うと、嶋崎は先に給湯室から出て行った。

嶋崎が杏奈の前にいたのは、コーヒー一杯を飲む時間だけだ。

長くもなければ短くもない。しいて言うならば、普段通りの行動だ。

デートの誘いとキス以外は――

（嶋崎室長）

杏奈はコーヒーに手を伸ばすと、明らかに動揺している自分を落ち着かせようと、一気にそれを飲んだ。

(私はどうしたら、彼にとって〝お買い得な女〟になれるんだろう?)

急にコーヒーを胃に落としたためか、忘れていたはずの空腹感が蘇《よみがえ》り、かえって自分を持て余してしまう。

「あ、百目鬼さん」

部屋の前まで来たところで、声がかかった。

「はい。なんでしょうか、石垣チーフ」

「あなた前に、販売の仕事もしたことがあるって言ってたわよね?」

「はい」

「悪いんだけど、午後だけ紳士服売り場で接客してもらえる? なんでも忌引《きび》きや急病が重なってしまって、販売員の補充が間に合わないらしいの。売り場の制服やレジ関係はどうにかするから、店内に立っていてくれるだけでいいんだけど——。こっちの仕事は私が責任を持って調整するから」

石垣の一歩後ろには、初老の紳士がいた。紳士服売り場の担当のようだ。

他部署に接客要員を求めるなど滅多にないことなので、かなり恐縮している様子が見てとれる。

「はい。わかりました。私でよければお引き受けします」

本来であれば、派遣契約の内容と違う仕事の依頼であり、受けることはできない。だが、この状況下で、断ることはしたくないだろう。杏奈は快《こころよ》く応じて、その日は紳士服売り場で接客をした。

ここへ派遣に来て初めて、店内用の制服を着用した。その姿が鏡に映ると、なんだかとてもくすぐったい気がした。

6

嶋崎と食事の約束をしてからの杏奈は、自分でも笑ってしまうぐらい悩んでいた。

普段なら特に気にすることもない化粧の仕方から衣服、装飾品にいたるまで、とにかく悩みに悩んで準備にあたった。

（こんなことなら、どんな店に行くのか聞いておけばよかった。ドレスコードはどの程度？　嶋崎室長のスーツなら、どんな高級店でも入れるし。かといって、同じ姿で居酒屋も平気な人だから、全く予想がつかないわ）

目安になるものといえば、嶋崎が着用しているスーツだろう。

だが、彼は普段から惜しみなくいいものを着ているので、これが全く基準にならない。

一方杏奈は、派遣出勤時に関しては〝外出に支障のない程度〟を基準にしてきた。

パソコンデスクにかじりつきで事務作業をするだけで、人前に立つ仕事ではない。銀座桜屋への出入りも裏口使用で、店内を歩くことなどまずないので、化粧や髪型もかなり地味だ。この辺りは過去の痛手もあるので、〝半端に派手な女〟に見られないよう意識した結果でもある。

しかし、それだけにちょっと余所《よそ》行きを意識した夏物のツーピースを着て、かかとの太い五センチヒールをかかとの細い七センチヒールに替えただけで、だいぶ印象が違ったのだろう。約束の当日、出勤した杏奈を見て三富の目がキランと光った。

「百目鬼さん。今日はデートですか？」

「え？　どうして」

「だっていつもと違うから～。でも、素敵。今日みたいな服のほうが似合う。あとはもっと、ポイントメイクに力を入れてもいいんじゃありません？　そのほうが百目鬼さんっていうより、杏奈さんって感じになって、女子力アップも間違いなしですよ」

（百目鬼さんというより、杏奈さん？）

それはいったいどんな感じなのだと聞きたいが、おそらく字面《じづら》や響きの問題だろう。

それにしても、三富からお店の子達と同じような感想が聞けるとは思っていなかったので、正直言って驚いた。それでも、悪い気はしない。かえって嬉しいぐらいだ。

だが、杏奈はあえて「そう」とだけ相づちを打った。

現段階での杏奈は、まだ髪もひとつにまとめたままで、リップグロスも塗ってなかった。それでここまではっきり言われてしまうということは、普段の姿がそうとうデートには不向きということだろう。

あえて地味にしてきた自覚はあるが、今後はもう少し工夫や努力がいるなと杏奈は思った。

そうでなければ、普段からきちんとしている嶋崎に釣り合わない。交際し始めたことを口外するつもりはないが、せっかく三富がきっかけをくれたことだし、これを機に――と。

(派手顔にならない程度のポイントメイクなんて、考えたことなかった。研究してみる価値はありそうね。いっそ三富さんに、どうしたらいいか相談してみようかな?)

いつになく考え込みながらその日を過ごしていると、嶋崎が帰り支度を整えて声をかけてきた。

「お待たせ。百目鬼」

「え!? デートの相手って嶋崎室長なんですか!」

心臓が止まるかと思うような質問を三富にされて、杏奈は口をパクパクしてしまう。

「いつの間に?」

そばにいた平塚も驚き、声を上げた。

「いや、それならよかったんだけどな。派遣事務所にお詫びに行くから、百目鬼本人にも付き合ってもらうんだよ。都合が合わなくて、今になったけど」

三富や平塚に向かって嶋崎がサラリと言った。

杏奈にとっては初耳だ。

「室長。頼まれておいたものを選んでおきました」

手土産だろうか?

石垣が銀座桜屋の紙袋に入った、菓子包みらしきものを嶋崎に手渡している。

「ありがとう。石垣さん」

にこやかに受け取る嶋崎に、石垣が「私達の分のお詫びも、よろしくお願いします」と頭を下げた。

杏奈は未だに言葉が出ないまま、二人のやりとりを見つめている。

「なーんだ。ただのお礼参りか」

「三富さん。これはお礼じゃなくて、お詫びだから。おかしな日本語使わないようにね」

「はーい」

石垣と三富がこんな調子なものだから、杏奈は自分まで、今日はデートじゃなかったのかと困惑してしまう。

「じゃあ、行こうか」

「……はい」

事情がよくわからないまま、杏奈は嶋崎のあとを追って部屋を出た。

室のみんなからは、「いってらっしゃーい」と、外回りにでもでるように声をかけられて見送られた。


杏奈が着てきた服やヒールに合わせて、髪型や化粧を直すことができたのは、嶋崎が予約した赤坂にあるシティホテルのフレンチレストランに着いてからだった。

「ごめんな。取ってつけたような用事を増やして」

「――いえ。びっくりしましたけど、事務所の人達は喜んでいたし、私も胸のつかえがすっかり取れましたから。お気遣いいただいて、ありがとうございます」

最初は何事かと思ったが、嶋崎は言葉通り杏奈が所属している派遣事務所を訪ねて、先日のお詫びをしてくれた。

この件に関しては、自分達のほうに問題があったと説明し、杏奈を説得する時間の猶予《ゆうよ》をくれたことに、感謝を示したのだ。

事務所の社長やその場にいた者達は恐縮していた。

余程のことがなければ、クライアントがわざわざ頭を下げに来ることなどないのが派遣会社だ。

嶋崎の人柄や銀座桜屋の真摯《しんし》な対応に、会社としても今後の関係がいっそういいものになりそうだ。

杏奈にしても、それこそバタバタしていて、ここまでは気が回っていなかった。

事務所には、電話で謝罪とお礼を言っただけだったので、嶋崎の行動にはただただ感心するばかりだ。

そうして謝罪を終えると、嶋崎は派遣事務所からタクシーでワンメーターほど離れたシティホテルのレストランに杏奈を案内した。

すっかり気持ちが仕事モードに切り替わってしまっていた杏奈は、再び驚くことになる。

彼が選んだフレンチレストランは、ミシュランガイドで星を得たこともある本格的な店だ。

そのわりに、手ごろな料金設定のランチやディナーコースもあるので、ＯＬ達にも好評だ。

特別高価なコース料理やワイン、シャンパンなどをオーダーしない限り、気軽に本格的な食事が楽しめるとあって、平日でも席は常に埋まっている。店内には、杏奈達のような会社帰りのサラリーマンも多く、デートだけではなく接待にも利用されている様子が見うけられた。

杏奈はそれを見て、迷いに迷いはしたが、今夜はツーピースを選んでよかったと思った。派手すぎず、地味すぎずといったシンプルな形の夏物だが、これならドレスコードに引っ掛かることはない。若干メイクで派手になっても、落ち着いた装いが全体を上手く調整してくれる。

パウダールームから戻った杏奈を見て、嶋崎も嬉しそうだった。

杏奈と嶋崎のデートは、ソムリエがセレクトしたシャンパンで乾杯することから始まった。

どうやら嶋崎が選んだ食事の内容は、シェフにお任せのコースのようだ。杏奈に好き嫌いがないなら、ここは作り手にすべて任せてしまおうということらしいが、「俺も何が出て来るか知らないから楽しみだよ」と、この場の話題の一つにしてしまうのが、嶋崎の巧みなところだった。

おかげで前菜が運ばれてきただけで、杏奈は嶋崎と一緒に感動して料理と会話を堪能できた。

だが、杏奈の鼓動を高鳴らせるのは、やっぱり目の前に座る嶋崎の存在だ。

変に気取ることもなければ、格好つけるわけでもないが、マナーのよさは見ていてわかる。

仕事柄もあり、場数も踏んでいるのだろうが、嶋崎のＴＰＯに合わせた振る舞いは的確で自然だ。サンドリヨンで見せたようなラフさはないが、仕草の一つ一つに品がある。

杏奈は意識して観察していたわけではないが、やはりここでも彼自身に目がいってしまった。

グラスを持つ手、ナイフを置き換える仕草、時折手首から覗く精巧な腕時計。それらは惜しげなく出される料理やワイン以上に、杏奈を心地よく酔わせてくれる。

サンドリヨンで勧めてきたので、おかしな飲みかたをしたり、悪酔いをすることはないが、普段より舞い上がっているのは自分でもわかった。

どんな美酒も嶋崎には敵わないようだ。

会話ははずみ、いつしか話題は今日のデートのことになっていた。

「あのとき、永沢の呼び出しで出かけただろう。そしたら、俺がサンドリヨンでバタバタやったことがバレててさ。いろいろと突っ込まれるうちに、白状させられたんだよ。君とのこと」

「永沢さんに？」

「そう。昔から勘のいい奴だし、俺としては昼夜総合的に見ても、敵には回したくないからさ。で、あとから全部話して〝フォローしてくれ〟って頼んだんだ。そしたら、まずはデートの仕方から気を付けろよって、いきなり言われて」

「え？　じゃあ、二人で派遣事務所へ寄ったのも、もしかして？」

「ああ。永沢の入れ知恵だよ。奴に言わせると、俺も君も正々堂々としすぎていて、絶対に仕事が終わったら〝じゃあ、行こうか〟〝はい〟ってタイプだから、最初ぐらいは周りに気を遣ったほうがいいそうだ」

話が進むうちに魚料理が終わり、二人の前には柑橘《かんきつ》系のグラニテが置かれた。

清涼感のある口直しに手を伸ばす。嶋崎の口調が、杏奈にはどことなく拗《す》ねているように聞こえた。

「別に悪いことをしているわけでもないのにって言ったら、それでも最初ぐらいは秘密や内緒感を味わうのも、社内恋愛の醍醐味《だいごみ》だって。少なくとも俺はそうだったと胸を張られたら言い返せなかった」

「そう言えば、永沢さんと奥様も社内恋愛でしたよね。確か、結婚と同時に独立されて」

「ああ。業界屈指の大門寺《だいもんじ》建設で、期待の新人デザイナーだって言われて、将来を約束されていたのにな。あいつの思い切りと行動力には、いつも驚きを通り越して感心させられるよ。うちでいうなら常務の陽彦に似てるかな。どっちもすごい男だよ。同い年なのに、まだまだ追いつけない」

「――」

漏れた嶋崎のため息に気をとられて、杏奈は返事を躊躇《ためら》った。

「ごめん。卑屈に聞こえた？」

慌てて取り繕う嶋崎に、杏奈は静かに首を横にふる。

「いいえ。卑屈というよりは、悔しそうに聞こえました。でも、嫌な感じではないです。逆に安心しました」

「安心？」

このタイミングでいいものかという迷いはあったが、杏奈は微笑を浮かべて見せた。

「できのいい友人に対して、心から尊敬をしている。けど、どこか自分と比較したときに、相手より劣る部分を感じる。そのことに悔しさを覚える。口にするかしないかは人それぞれですけど、誰もが持つ感情じゃないですか」

「だから、安心？」

「はい。もちろん、嶋崎室長が感じている負の心情は、嶋崎室長自身にしかわからないと思います。

私を含めて周りの人間は、いつもすごいなとか、本当に仕事ができる人だなとか、そういうふうにしか見てないし。実際、そうとしか考えてないと思うんですよ」

ここで嘘をついても仕方がない。

杏奈は嶋崎に思ったたまま、感じたままを告げた。

「けど、それって嶋崎室長が、自身に生じている負の感情を他人に隠しているとか、ごまかしているとかじゃなくて、消化してバネにしているからだと思うんです。だからこそ、永沢さんや桜川常務も協力を惜しまない。むしろ、率先して嶋崎室長の手助けがしたい、自分にできることがあるならサポートしたいって、行動してくれるんだと思います」

嶋崎に限らず、この手の話ならサンドリヨンで、数えきれないほど聞いてきた。

仕事に真摯《しんし》な男性ほど、持っている悩みは多く、奥が深い。自分に課した責任や理想も大きく、常に満足よりも向上心が上回る。

嶋崎は、誰もが認める実力派で、自分に厳しい人間だ。

だが、だからこそ嶋崎の周りには仕事に真摯な者が集まる。真摯な仕事のやり方を覚えていく部下も育つ。

これまで杏奈の頭に幾度となくよぎってきた「ドラマみたいな職場だわ」という感想は、こういった状況から生まれているのだろう。

宝飾部の企画販売室は少人数の部署だが、銀座桜屋の創立の経緯や歴史、価値観を考えれば、嶋崎のポジションは決して低いものではない。むしろ重要といえる。

それをきちんとこなし、仕事として成果を出しているにもかかわらず、嶋崎にはまだまだ向上心があるようだ。

「今回の企画の件なんか、まさにじゃないですか。会社の中と外からみんなが協力してくださって——と、すみません。こんなこと私が言うまでもないですよね」

いつのまにか接客モードになっていることに気づき、杏奈はハッとした。くせというよりは、すでに習慣として身についてしまっているのだろうが、何にしても初めてのデートという感じではない。

ごまかすように口に運んだグラニテが心に酸《す》っぱい。

だが、そんな杏奈に向かって、嶋崎はこれまで以上に嬉しそうに笑った。

「いや、言ってもらって嬉しいよ。きちんと言葉にしてもらって、そうとう浮かれてるよ、俺」

「？」

「だって、百目鬼が俺のこと、いつもすごいなとか、仕事ができる人だなとかって思ってくれてたんだろう？　今、頭の中はそこだけがループしていて、奴らのことはどうでもよくなってる。俺、現金だからさ」

杏奈は単純に、「やっぱりこの人はすごい」と感心してしまった。

これが嶋崎の本心かどうかは別として、杏奈にとっては一番救いになる返答だ。そもそも、こういうすぐに接客モードになることを直していかないといけないのかもしれないが、嶋崎に対する尊敬度は一気に上がった。

心なしか、グラニテの酸っぱさが甘みに変わった気がする。

「嶋崎室長」

胸の鼓動が、トキメキばかりが増していく。

目と目が合うと、幸せな気持ちになる。

グラニテのあとには、松阪牛《まつさかうし》のヒレステーキとフォアグラのメインが出された。

この店は、料理のみならず給仕も最高だ。

すべてが美味しく食べられるタイミングで出され、そして量もちょうどいい。何もかもが杏奈を心地よく、そして満ち足りた気分にしてくれる。

二人の前にデザートとコーヒーが並ぶ頃、嶋崎が杏奈に切り出した。

「ところで相談なんだけど。まずは、呼びかたから変えない？」

杏奈は終始「嶋崎室長」と呼んでいたことに、改めて気づく。

それと同時に、嶋崎の下の名前を思い出す。

博信——彼のフルネームは嶋崎博信だ。

だとしたら、二人きりのときにはなんと呼ぶのがいいのだろうか？

「俺もつい、百目鬼って呼んじゃうんだけどさ。実は、永沢が当たり前のように〝杏奈〟って呼んでるのを聞いていて、ムッとしちゃって。だけどそれを永沢に言ったら、だったらお前もそう呼べばいいじゃないかって、逆にからかわれるし。そのくせ、初期の社内恋愛を楽しむなら、絶対に役職と名字は外せないとか言うし。本当、ここへ来ていいように遊ばれてるよ」

嶋崎さん？

博信さん？

そもそも嶋崎は自分のことを何て呼ぶつもりなのか？

たったこれだけのことなのに、杏奈は頬が紅潮してきた。

「わかりました」

「あと、その丁寧な口調もね」

「っ――はい」

「やっぱり、しばらくは抜けそうにないか」

「ですね」

これでは名前を呼ぶだけで、そうとう気合が要りそうだ。

だが、こうした小さなことの積み重ねが、これまでにはなかった二人だけの秘密や関係を作っていくのかもしれない。

そう考えたら恥ずかしいが、一方でワクワクもする。

一秒先の関係に、言葉にならない期待ばかりが湧き起こる。

「そろそろ出る？」

「――はい。あ、ええ」

料理と会話をゆっくり堪能したためか、ディナーが終わったときには三時間が経っていた。

杏奈は席を立つとすぐに、バッグから長財布を取りだした。

「いいよ。会計はもう済んでるから」

「え？」

「これぐらいの見栄は張りたい年頃だから」

冗談めかして言うと、嶋崎室長はレストランのフロントで、サインをしていた。

何もかもがスマートだった。

「ありがとうございます。では、お言葉に甘えて、ご馳走様でした。とても美味しかったです」

嶋崎に、杏奈は頭を下げた。

「どういたしまして」

軽く背中を抱かれて、店の外へエスコートされる。

（まるでお姫様みたいだわ）

浮き足立ってしまうのは、勧められるまま飲んだワインのせいだろうか？

それとも、夢のように完璧なエスコートのせい？

（このお礼には、何をしたらいいのかしら？）

杏奈はふわふわとした気分で、エレベーターフロアに向かった。

すでに時計の針は十一時近い。

普通のフレンチレストランであれば、途中で閉店時間を気にかけていたところだろうが、今の店は十時をすぎるとカクテルバーに切り替わるという。宿泊客に対応し、深夜まで営業しているのだ。

そのため、ディナーが長引いても気兼ねなく過ごすことができる。

何から何まで行き届いた嶋崎の選択であり配慮だ。

杏奈をエスコートしていた嶋崎が、エレベーターボタンに手を伸ばしたときだった。

「杏奈」

「!?」

「実は部屋をとってあるんだって言ったら、引く?」

いきなり名前を呼ばれただけでもドキッとしたのに、この後に続いた言葉に固まった。

彼の利《き》き手がスーツの懐《ふところ》にあてがわれている。どうやら彼はすでに部屋のカードキーを持っているようだ。

「用意周到すぎ?」

嶋崎から一夜を共にしたいと仄《ほの》めかされたのは先日のことだ。今初めてというわけではない。

しかも、嶋崎は告白のときから杏奈のすべてが知りたい、ほしいとはっきり言っていた。

企画が通ったらご褒美《ほうび》に——そんなことまで口にしている。

ここで改めて誘われたからといって、今さらの話だ。

杏奈も今夜は、それなりの心構えはしてきた。

服や化粧に悩む以上に、ランジェリーに気を遣ったのは、紛れもない事実だ。

それなのに、いざとなると杏奈は頭の中が真っ白になった。

誘われたことにも嶋崎自身にも全く嫌悪《けんお》はなかったが、喜びと同じぐらいの不安が起こったのだ。

それも急に——

「呆れてる？」

理由ははっきりとしないが、あと一歩が踏み出せなかった。

いったい何が怖いのか、やはり過去の恋愛の痛手が忘れられないのか、それは杏奈自身にもわからない。

杏奈が動揺し躊躇《ためら》った様子を見て、嶋崎の表情が陰った。

「――だよな」

落胆した彼の言葉を耳にすると、杏奈の頭の中が嘘のようにクリアになる。

「……いえ、そうじゃなくて。こういう場合は、どう答えたらベストなのかと思って」

咄嗟に出た言葉の色気のなさに情けなくなったが、杏奈の気持ちは定まった。

嶋崎に残念そうな顔はしてほしくない。笑顔だけが見たい。それだけを思って返した言葉だった。

嶋崎にとっても、それは想定外の返事だったのだろう、彼は一瞬だがキョトンとした。

「ベスト？　それ、俺が答えを指定したら、そのまま言ってくれるの？」

少し首を傾げながら、聞いてくる。

「だったら言ってほしいな。〝嬉しい。それ、何階？〟って」

その後はクスクスと笑いながら、杏奈にベストな台詞《せりふ》を用意してくれた。

――ああ、そう言えばいいのね。

納得すると、今度は無性に恥ずかしくなってきた。

これから彼と過ごす初めての夜が始まるのだという意識を、明確に持ったからだ。

じゃあ初めから――と、わざとらしく嶋崎が言う。

「実は部屋を取ってあるんだ」

「――嬉しい。それ、何階？」

杏奈は紅潮する頬をどうすることもできないまま、彼が欲した言葉を口にした。

杏奈が交際相手にこんなセリフを口にしたのは初めてのことだった。

なんだか自分の柄じゃないような、できすぎていて不似合いな台詞のように思えたが、そんな不安は全部嶋崎の笑顔が消してくれる。

何かが吹っ切れた気がした。

「十二階」

子供のように悪戯《いたずら》な目で、それでいて満ち足りた笑顔に惹かれるまま、杏奈はエレベーターボタンを押した。

すぐにエレベーターがきて、目の前で扉が開いた。

無人のそれに二人で乗り込み、ここでも杏奈は自ら手を伸ばして、十二階のボタンを押した。

この杏奈の、明確なＹＥＳの合図を見て、嶋崎は胸を撫《な》で下ろしたようだ。

「よかった。一階を押されなくて」

大げさに言って見せる彼に釣られて、杏奈もプッと噴き出した。

扉が閉まると同時に嶋崎の手が肩へ伸びて、唇がこめかみに触れた。

（ああ、どうしよう。私、この人が好きだわ）

ふんわりとした優しいキスに、杏奈の身体は自然と嶋崎に寄り添った。

エレベーターの扉が開く。

唇が離れていくのが名残惜しいような、また一歩彼との距離が近づくようで嬉しいような、複雑な気持ちだ。

「こっちだよ」

杏奈は嶋崎に肩を抱かれたまま、部屋に案内された。

嶋崎の手で開かれた扉の向こうには、赤坂の夜景が一望できるジュニアスイートが広がっていた。

杏奈が嶋崎に誘導されるまま部屋へ入ると、街明かりだけが頼りの薄暗い空間に、間接照明が点《とも》った。

一歩中へ入ると、毛足の長い絨毯《じゅうたん》が杏奈を足元から心地よく招き入れる。

応接間と寝室が続きになっているジュニアスイートは、部屋も家具も上品なヨーロピアンテイストでまとめられていた。目にしただけでため息がでる。

飾られたオブジェや絵画、活けられた生花のどれ一つ、無駄なものがない。

「杏奈」

ようやく訪れた二人きりの時間。嶋崎は、杏奈の肩を抱いていた腕に力を入れて、待ち焦がれたように引き寄せた。

火照《ほて》った杏奈の頬がシルクのネクタイに触れると、いっそう強く抱きしめてくる。

「嶋崎……さん」

思い切って呼んでみたが、何かしっくりこなかった。

かえってよそよそしい気がして、杏奈は「博信さん」と呼び直した。

すると、嶋崎からの抱擁がさらに強くなり、「嬉しいよ」という言葉と共に唇が合わされた。

「んっ」

軽く触れるだけのキスから、すぐに深いキスに変わった。

(博信さん)

杏奈はここまでの流れだけで十分酔っていた。

このまま嶋崎が今以上の行為を求めてきても、抵抗しないだろう。二人の間に静かに流れ始めたときに身を任せ、差し込まれた舌に舌を絡めるような濃密なキスにも、難なく応じる。

(こんなに大胆なキスをするのは初めてかも。自分にこんなことができるなんて――不思議)

つい先ほど感じた不安が嘘のようだった。

「……んっ」

キスの合間に吐息が漏れると、最後に飲んだエスプレッソの苦みが蘇《よみがえ》る。

呼吸を整えるように一度離れた嶋崎が、「このままいい?」と呟く。

「シャワーどうするって、聞いてあげられる余裕がないんだ」

肩から胸に流れる髪を撫《な》でられ、杏奈はコクリと頷いた。

「――私も」

蚊の鳴くような声だった。

だが、嶋崎にはちゃんと聞こえたようで、彼は何も言わず杏奈を横抱きにした。

「っ、博信さん」

寝室のベッド、それもキングサイズのそれが一つしかない空間に運ばれ、杏奈は恥ずかしいよりもこの瞬間の心地よさに浸《ひた》ってしまった。

身を預けた嶋崎が羽織るスーツの肌触りが極上で、自然に杏奈の手がすべる。彼の胸元から肩へ回って、自らも抱きついた。

「杏奈」

ふわりと下ろされたベッドに背中が触れたときには、余計なことは考えられなくなっていた。

「博信さん……」

ベッドサイドに立ったまま上着を足元に落とした嶋崎が、衣類を脱ぐのさえまどろっこしいと言わんばかりにネクタイに手をかけた。

胸元から抜き取る衣擦《きぬず》れの音が悩ましい。

杏奈は、ボタンが外され、開かれていくノリの効いたシャツに目が釘づけになった。

現れた嶋崎の肌は健康的で、鎖骨から胸元のたくましいラインを見ただけでも杏奈の体温が上がる。

無意識のうちに視線を下ろすと、うっすらとだが腹筋が割れているのがわかった。ほどよい筋肉と締まったウエストラインが、なんとも言えずセクシーだ。上質なマテリアルの下には、それに相応《ふさわ》しい肉体が隠されており、何一つ裏切ることがない。

だが杏奈は、伸びてきた嶋崎の手に、急に不安になった。

特別胸が大きいわけでもなければ、ウエストが細いわけでもない。標準的と言えば標準的だと思うが、それが嶋崎にはどう見えるのだろうか？

ベッドに上がった彼によって、ツーピースの上着がはだけられる。

待ち焦がれたように露《あら》わにされた肌が、胸から腰までのラインが、一瞬にして彼を失望させるのではないかと気になった。

「――杏奈」

「あ……っ」

肌に触れ、首元から胸へと流れていく嶋崎の愛撫が熱い。

今にも力任せに剥《は》ぎ取ろうとする衝動を抑えているのが、伝わってくる。スカートのファスナーを探る手つきが荒っぽい。

先ほど覚えた危惧は無意味だったようだ。

(博信さん……)

いつしか杏奈は身体をよじり、嶋崎の行為を助けていた。

繰り返されるキスの合間にスカートのファスナーが下ろされ、腰から背中に這い上がった彼の利《き》き手がブラのホックを外す。解放されると同時に白い乳房を掴まれ、唇を寄せられた。

「んっ、博信さん」

軽く揉まれた胸の突起に、濡れた唇や舌が掠《かす》ると、杏奈の下肢が自然とうねった。

脱ぎ掛けの衣類は愛の妨《さまた》げにしかならない。それを取り払おうとする嶋崎の手が、さらに荒々しくなる。

「杏奈」

それでも迷いはあるようで、躊躇《ためら》いがちに名前を呼ぶ嶋崎に、杏奈は小さく「平気」と呟く。

部屋まで導かれ、こうして彼と抱き合い、直接肌に触れるまでには気持ちも身体も整っている。

ここで遠慮されたら、逆に「焦らさないで」と言ってしまいそうだ。

「――そうか」

杏奈の紅潮した頬にキスをした嶋崎の手が、杏奈の肌を晒し続ける。

白い肩から胸が、ウエストから腿《もも》が、そして膝からつま先までが露《あら》わになると、ベッド下に落とされた衣類の代わりに嶋崎が覆いかぶさってきた。

肌と肌が重なり、彼の高ぶりを直接感じて、杏奈の身体は奥の奥から熱を帯びる。

嶋崎の手が愛おしげに恥部を探ったときには、自分でも驚くほど濡れていた。

「あっ……」

淡い茂みを辿った指先が、やわらかな秘所を開く。

彼の指先が、のめり込んでいく。

「やわらかくて、熱い」

優しく包まれ、引き込まれるように奥へ招かれた指の先が、悦《よろこ》び勇んで杏奈の中を探る。

抽挿されるたびに指の付け根で擦られる陰核からの刺激に、杏奈の呼吸が次第に乱れる。

「博信さ……ん」

丁寧に弄《いじ》られて、濡れた一点から広がるあやしげな刺激が増す。彼の背に回した杏奈の両手に力が入った。

行為には不慣れのはずが、押し寄せる快感で身体がよじれる。抽挿を続ける彼の手先が濡れていく。

「っ、博信さっ……っ」

指の先が、いつしか充血しきった陰核ばかりを責めてきて、杏奈は嶋崎の身体にしがみついた。

「いい？」

聞かれた瞬間に擦り上げられ、身体の隅々まで快感が走った。わずかに開いた唇から「ぁっ」と嬌声《きょうせい》が漏れる。

はっきりとわかる絶頂感から、杏奈は嶋崎の肩に火照《ほて》った顔を埋めた。

唇が、手足の先が、小刻みに震える。

「杏奈」

「んんっ」

追い打ちをかけるように増やされた指で、再び中を探られた。指の動きが激しくなるにつれて、肢体にしびれが走る。

「もう……」

思わず懇願《こんがん》してしまう。

二人の吐息とベッドの軋《きし》み、そして濡れそぼった陰唇から微かに聞こえる淫靡《いんび》な音が、必要以上に欲情を掻き立てる。

こんなときに改まってキスをされたら、かえって焦らされているような気持ちになってくる。

唇が離れると同時に杏奈は、今一度嶋崎に懇願した。

「——もう、来て」

それを聞いた嶋崎が小さく頷いた。

一度杏奈から手を引くと、薄明かりの中でコンドームを手繰り寄せる。

わずかに杏奈から顔を背けて、それを口元に運んだ。

四センチ四方程度の袋の端を咥《くわ》えると、ピッと開封する。片手で取りだした中身を、すでに高ぶり熟した自身につけていく。

(博信さん)

その様子を見ただけで、杏奈の身体はいっそう火照った。

そしてこの瞬間まで、肝心なことに気が回っていなかったことに驚いた。

だが、それと同時に彼の気遣いを感じて、心身から湧き起こる悦《よろこ》びが増した。

嶋崎が杏奈の脚をそっと開いて、下肢を割り込ませてくる。

「杏奈」

「博信さん」

杏奈がこんなに落ち着いて、安心して異性に身を委《ゆだ》ねるのは、初めてだった。

嶋崎自身で入り口を探られ、いっそう胸がドキドキしたが、両膝からは次第に力が抜けていく。彼となら一秒でも早く一つになりたいと騒ぐのは、生まれ持った本能かもしれない。

「――っ」

ただ、どんなに気持ちが満たされ、十分に花唇が潤《うるお》ったとしても、セックスそのものにはブランクがある。

嶋崎自身が入り込んできた瞬間の衝撃は、指とは違いすぎて息が止まった。身体の中心から裂かれるような痛みを覚えて、無意識のうちに力が入る。杏奈はクッと唇を噛み締めた。

「杏奈？」

見てわかるほど顔を歪めた杏奈に、嶋崎が戸惑った。反射的に彼の腰が引いたのを、抱きついて止めたのは杏奈のほうだった。

「大丈夫……だから続けて」

嶋崎の耳元に、杏奈は三度目の懇願《こんがん》をした。

そして、あえて「久しぶりなだけ」と言葉を続ける。嶋崎に余計な負担や誤解を与えたくなかったのもあるが、過去があるから現在《いま》があるという事実を否定したくなかったのが一番だ。

ときには苦い思いをし、無責任で理不尽《りふじん》な噂に絶望もしたが、それらを乗り越えてきたからこそ、この瞬間があるのだ。

あの過去がなければ、こんなに一つになりたいと願う彼にも自分にも、出会えなかった。

「――どうしてもきつかったら、ちゃんと言うんだよ」

嶋崎が、愛おしげに杏奈の髪や頬を撫《な》でてくれた。

ピタリと合わされた身体に、どちらからともなく鼓動が響く。

「そうでなければ、今だけ我慢して。俺のために――」

杏奈の外耳に唇を這わせて、嶋崎が囁く。

躊躇《ためら》いを捨てた嶋崎が、欲望のままに身を沈めた。

「博信さんっ」

一気に深く、身体の奥まで突かれるように責められ、杏奈は嶋崎にしがみつく。

「杏奈」

「あっんっ」

嶋崎自身が潤い、杏奈の中で馴染むまでには、幾度かの抽挿が要る。

だが、初めは苦痛を伴い響いた声も、次第に艶《なま》めいたものに変わっていく。

「博信さんっ。博信さん……」

うわごとのような杏奈の呟きが、至福と悦《よろこ》びに満ちた嬌声《きょうせい》に変わる。

「力、抜いて。杏奈」

無意識のうちによじれる身体を、ベッドを蹴るように立った膝を、優しく撫《な》でられてハッとした。

身体も心も彼を拒んでいない。自然と節々《ふしぶし》に力が入るのは、むしろ貪欲《どんよく》さの表れだ。

再び絶頂感を味わいたい。もっと嶋崎と愉悦を分かち合いたい。

杏奈は身体の奥から、嶋崎のすべてを求めた。

「博信さん――っ」

彼の身体を引き寄せて、強く抱きしめる。

すると、嶋崎がそれに応えるように、杏奈を今一度きつく抱きしめてきた。奥深いところまで突いてくる。

「んっ」

「杏奈」

嶋崎自身が、これまで以上に熱く激しく高ぶっていた。

杏奈は身体の中から、奥から彼を感じて、悲鳴にも似た嬌声《きょうせい》を上げる。

「ぁ――っんっ」

思いのほか全身に力が入ってしまい、杏奈は両手を回した背中に爪を立てた。そのまま新たに起こった快感の波に捲《ま》かれて、激しく身を震わせ、絶頂へ追いやられる。

その瞬間、嶋崎が喉《のど》の奥に溜めていただろう吐息を漏らした。

「う――っ」

彼の肩と下肢に力が入り、杏奈は自身の奥深いところで嶋崎が達したことを知った。

彼の悦《よろこ》びが全身に伝わってくる。

（あ……。博信さんが――）

覚えのない、不思議な感覚だった。

杏奈がこんなに男性の絶頂を意識したのは、初めてのことだ。

これって、彼もいったってことよね？　私の中で、ちゃんと満たされたって思っていいのよね？

なんとも言い難い生々しさはあったが、快感だった。これ以上ない一体感を覚えて、心も身体も満たされていく――

「杏……奈」

「……博信さんっ」

杏奈は彼と身体を繋《つな》げたまま、これまでで一番深く激しいキスを求めた。

すると、嶋崎からも同じように、いっそう強く杏奈の唇をむさぼってくる。

「んっ……っ」

舌と舌が絡み合う。

「ぁっ」

キスという唇同士の愛撫が激しさを増していくのに合わせて、嶋崎自身が再び杏奈の中で熱を帯びてくる。

(――博信さん)

「……杏奈」

掠れて途切れる嶋崎の呼吸や声に、杏奈は再び痺れた身体を疼かせる。

「好き。好きよ、博信さん」

――だからもっと来て。もっと強く私を抱いて。

杏奈は湧き起こる欲望のまま、嶋崎の背を抱きなおした。

彼を強く、そしてきつく抱きしめることで、自身の思いを伝えた。


共に達したのちも、杏奈と嶋崎はさらなる快感を求めて愛し合った。

これほど欲望に、性欲に素直に溺れたことはいまだかつてない。杏奈は無我夢中で嶋崎を求めたためか、経過がよくわからなかった。

彼の腕を枕に横たわったときには、文字通り力尽きていた。

足の付け根から内股に疲労と鈍痛を覚えて、今さらのことだが恥ずかしい。

しかし、肉体的なダメージは別として、気持ちは嶋崎も同じだったようだ。

杏奈を抱いて一息つくと、かなり照れくさそうに「ごめんな」と呟いた。

「え?」

「いや、その。日曜からの流れを思い返したら、そうとう強引だったなと思って。考える間も与えないまま、今にいたった気がして――」

――今夜が初めてだというのに、がむしゃらに抱いた。いくつかあった手持ちのコンドームもすべて使った。

そう、嶋崎は続けた。

完全に理性より本能が勝ったということだろう。嶋崎は「ガキじゃあるまいし」と反省しきりだ。

申し訳なさを目一杯表現してくれる嶋崎が、杏奈は愛おしい。すごく近くなった気がして、嬉しくなった。

「そんなことはないですよ。この二日間、けっこう悩みましたから。着ていく服とか、化粧の仕方とか。どんな話をしたらいいのかなとか、いろいろと」

杏奈はクスクス笑った。

思い切って彼の胸に手を添え、項垂《うなだ》れる顔を見上げた。

「そうして考えて考えて、今にいたりました。なので、全然強引じゃありません」

「なら、よかった。いや、本当。馬鹿みたいにホッとしてるよ」

「博信さん」

恥ずかしいより、照れくさいより、幸福感が勝った。

すでに馴染んだ彼の肌の感触、体温、肉体のすべてがこれ以上ない至福のひとときを杏奈にくれる。

「それにしても、意識が向くって、こんなに大きいことなんだな。これまで特に気に留めていなかったことに急に興味が湧いたり、好感を持ったり、見る目ががらりと変わったり。性格的に、坂道を転がり落ちるタイプなのかもしれないが、自分でもかなり驚いてるよ。まさか、こんな一世一代の仕事の最中に人を好きになるなんて——。自分のことながら青天の霹靂《へきれき》だ」

杏奈の寝乱れた長い髪を撫《な》でて、嶋崎がぼやく。

杏奈が嶋崎の下について、かれこれ二年近い。

だが、その間、彼に恋人がいた気配は全くない。

さすがに杏奈ほどではないにしても、この恋は嶋崎にとってもかなり久しぶりで思いがけない展開らしい。

「もしかして、現実逃避だったりして？」

それとなく返した杏奈に、嶋崎が慌てた。

「いや、それなら君のためにも、この仕事を成功させたいなんて思わないって」

身体を返して向き合い、杏奈の肩を抱きしめる。

「君に対しては、仕事を通してすでに信頼していた。少なくとも、迷いなく自分の仕事を預けられる相手だという安心感があった。そこに新たな魅力の発見というか、これまでにはなかった女性的な部分への興味が起こったから、一気に舞い上がった。焦りも出た。早くしなきゃ誰かに取られる。いや、もう誰かのものだったら、どうしようって」

額《ひたい》に頬を寄せられ、杏奈の顔が赤く染まった。

「そんな――。誰もいませんよ」

「でも、熱くなって舞い上がるってそういうものだろう。俺自身に、こういう気持ちがあったこと自体、すっかり忘れてたけど」

「博信さん」

仕事とはいえ、お互い厳しく、容赦なく相手を見てきた分、そこから生まれた信頼や安心は大きい。

杏奈は、今になってこんな恋に、相手に巡り合うと思っていなかっただけに、夢のようだと感じた。

だが、夢のような至福だからこそ守りたい、大切にしていきたいという気持ちが強く芽生えて、自ら進んで嶋崎に寄り添った。

「そうだ。今週末の予定は？　できたら一緒に過ごしたい。平日の夜は短すぎるから、一日中、朝からのんびりと」

「はい。大丈夫です」

彼を離したくない、関係を壊したくない、ずっと守っていきたい。

そんな気持ちをどうしたら相手に伝えられるのだろう――

「よし、決まり。じゃあ、そろそろ寝るか。朝一で送っていくよ」

「――はい」

杏奈は、寄り添った嶋崎の腕をギュッと握った。

「博信さん」

「ん？」

「好きです」

心から溢《あふ》れだす思いを正直に口にした。

その瞬間、嶋崎の顔に心から幸せそうな笑みが浮かぶ。

「――嬉しいよ。俺も君が好きだ」

きつく抱きしめ返し、嶋崎は杏奈の耳元で「愛してる」と囁いた。

それが嬉しくて、杏奈は「私も」と返した。

7

早朝帰宅し、身支度を整えると、杏奈はいつも通りに出勤した。

思い切って、これまでとは意識を変えて、日中の自分にも多少手をかけてみる。

装いや化粧は落ち着いていたが、パソコン用の眼鏡は外し、ヒールの太さも細いものにした。

これまでは夜しか身に着けなかったジュエリーで首元を飾り、一つにまとめていた髪も、ゆとりを持たせて毛先を解放した。

ひとつひとつは細やかな改善だが、これだけでも印象は変わる。

「あー。今日こそデートですか？　髪まで下ろして、気合入ってる！」

さっそく朝から飛びついてきたのは三富だった。

「いいえ。昨日三富さんがアドバイスしてくれたから、ちょっと頑張ってみようかなと思って。でも、私って普通に化粧するとケバくなる顔なんです。そうならないようなポイントメイクがあったら教えてくれますか？」

杏奈は苦手意識のあった三富にも、思い切って話をしてみた。

すると、意外にも三富は手放しで喜んだ。

「本当ですか！　嬉しい〜っ‼　百目鬼さんが私の話をちゃんと聞いてくれるなんて、しかも教えてって言い出すなんて超・感動！　じゃあじゃあ、あとで参考になるようなメイク術をメールしますね。あ、今日からは杏奈さんって呼んでもいいですかぁ。やっぱり百目鬼さんって響きは厳《いか》ついし、呼びづらいんですもの。杏奈さんのほうが絶対に可愛いし、綺麗なお姉さん系でいいですよ。ね！　決まり」

いつもより余計に高くなったテンションには圧倒されたが、本当に嬉しそうで笑顔がキラキラと輝いていた。もともとの可愛らしさが倍増する。

ただ、言われた内容には、ハッとさせられた。

(ああ……私、よっぽど三富さんの話を聞いてこなかったのね)

これまで三富との会話では、直接仕事に関係ない話題しかなかった。なので杏奈も、「はいはい」程度で済ませてきた。

しかし、そもそも仕事内容も立場も違う杏奈に対し、三富は毎日何かしら声をかけてきていたのだ。それ自体が彼女なりのコミュニケーションを取る努力だったのかもしれない。

会話の内容がいただけないことはあったが、杏奈は三富から悪気や悪意を感じたことはなかった。面と向かって可笑《おか》しなことは言われても、嫌味《いやみ》や陰口悪口はない。

容姿やおしゃれに関しては歯に衣を着せないが、三富本人が常にベストな自分を維持しているので、これに関しては何一つ言い返せない。

改めてこれまでのことを振り返ると、三富は杏奈が傷つけられてきた意地の悪い女達とは違う。

噂話にもキャッキャとはしゃぐが、グチグチ・ヒソヒソの類《たぐい》はない。

天然といえばそれきりだが、一本筋の通った天然だ。受け取る側が悪くさえとらなければ、正直で素直で、天真爛漫とも言える。

「じゃあ、杏奈さん。お仕事に行ってきますね～」

三富は今朝もゆるふわに巻かれた髪を弾ませ、自分の持ち場へ去っていった。

名字の響きが厳ついとか言われたが、ここまではっきり口にされると、怒る気にもなれない。今後は何とでも好きに呼んでと、かえって清々《すがすが》しい気分だ。

「ふっ」

そばで聞いていた石垣が、無視しきれずに噴いていた。

振り返った杏奈と目が合うと、

「あとでこれお願いね」

と、いつも通りに仕事を投げられた。

「はい」

杏奈は笑顔でそれを受け取った。

一連のやり取りを目にしていた嶋崎や平塚達も、釣られるように微笑を浮かべた。


その日の昼休みのことだった。

杏奈は久しぶりに社員食堂でランチをとりながらスケジュール帳を眺めていた。

（平日の夜は短すぎる、か――。博信さんは何も言わないけど、このままクラブ勤めしてていいのかな？　彼女が接客業って、内心穏やかじゃないのが普通よね）

土日、祝日の予定はこれといって決まってないが、平日のタイムスケジュールはぎっちりだ。

朝から深夜まで週四で仕事があるだけに、杏奈は改めてサンドリヨンをどうするべきか考え始めていた。

（夜の勤めがなければ、一緒にいられる時間が増える。それとも、ベタベタしないぐらいの距離感のほうが、かえっていいのかな？）

これればかりは嶋崎本人に聞くしかないし、場合によってはマスターに相談するほうがいいかもしれない。銀座桜屋との派遣契約は今期で終わる。更新はしないつもりでいたが、こうなると来期まで続けようかどうか迷うところだ。

（百周年祭の行方も気になるし――。どうしようかな）

杏奈はスケジュール帳を閉じると、食後のコーヒーに手を伸ばした。

「ここ、いい？」

空いていた向かい側の席に立ったのは、平塚だった。普段は外回りが多いので、この時間に現れるのは珍しい。杏奈に相席を求めてくるのも、稀《まれ》なことだ。

「はい。どうぞ」

杏奈が快《こころよ》く答えると、平塚は日替わり定食を載せたトレイをテーブルに置いた。

「改めて、今回の件ではありがとう。本当に助かったよ。百目鬼の作る資料って、まとめかたが的確で見やすいからプレゼンもやりやすかった」

平塚は席へ着くと、何やらかしこまって頭を下げた。

「そう言っていただけると、嬉しいです。こちらもいろいろと、ご迷惑をおかけしてすみませんでした」

「いや――。あと、いろいろ嫌なことも言ったよな。俺、ちゃんと反省してるから」

平塚は平塚なりに気にしていたのだろう。箸《はし》を手にしたものの、食事に手をつけなかった。

「もう、いいですよ。私こそ気にかけてもらっていたのに、全然わかってなくて」

「なら、怒ってない？」

「もちろん」

「よかった」

ようやく安堵したのか、平塚は「いただきます」と言って食べ始めた。

杏奈もゆっくりとコーヒーを飲む。

「それより百目鬼って、昼はいつもこんな感じ？」

「こんな？」

「なんていうか、その。女子って大概は誰かと一緒にいて、おしゃべりするのが好きだろう。あんなふうに」

平塚の視線の先には、売り場の女性達とテーブルを囲んでランチタイムを楽しむ三富の姿があった。

「ああ――。でも、そうとも限らないと思いますよ。ほら、あんなふうに」

杏奈が示した視線の先には、窓際で一人、何かの資料を片手に、サンドイッチを頬張る石垣の姿があった。

極端と言えば極端だが、どちらもマイペースで無理のない姿だ。杏奈はそのことを平塚に示すと、コーヒーカップに口をつける。

「そっか。そう言われたら、そうだな。でも、ごめん。気づいてなくて」

「？」

「いや、その。石垣チーフはわかるよ。同世代は男性幹部しかいないし、そもそも片時も仕事を手放さない人だ。一人飯は自分の判断だろうって。けど、百目鬼は違うだろう」

何か誤解されているらしい。

杏奈はいったんコーヒーカップをテーブルに置いた。

「いいえ。私も好きで一人ご飯してますけど」

「え？」

「派遣だからとか、ここでの友達がいないからとかって理由じゃないですよ。単純にマイペースなだけです。そのほうが気も楽だし」

いろいろあったことで平塚なりに考え、杏奈を気遣ったのだろう。

だが、そもそも派遣仕事が七年になる杏奈の日常は、こんなものだった。

今日のように声をかけられれば同席するが、普段は苦もなくお一人様だ。仕事以外で自分から声をかけることはまずない。

「――そう。なら、いいけど」

「すみません。お気遣いいただいたのに」

「いや。こっちこそ勘違いばっかりして、ごめん。あ、でも、そしたら俺は邪魔か。かえって気を遣わせるだけだもんな」

一度気にし始めると止まらないのか、平塚が手にした箸《はし》を置こうとした。

杏奈が慌てて止めると、ようやく安堵したのか、平塚も「そうか」と笑う。

「そんなことないですよ。私今、気を遣っているように見えます？」

すると、今度は平塚の部下でもある新人男性が声をかけてきた。手には蕎麦《そば》定食のプレートを持っている。

「平塚先輩。百目鬼さん。俺も一緒にいいですか」

「どうぞ」

「おう。来いよ」

「ありがとうございます」

新人男性は平塚の隣に座った。これまでにはないランチどきの光景だった。

杏奈は今朝の三富とのやり取りを思い起こし、自分の態度にも問題があったと反省した。

派遣だからと自分から距離を置いて、自己防衛とはいえ彼らに対して壁を作っていたし、心を開く努力をしてこなかったのだから、周囲との関係がギスギスするのも無理はない。

今後はそこも改めようと思った。

「聞いてください、先輩。今、室長のところに電話が来てたんですけど、明日には〝Real〟の社長が打ち合わせに来るそうです。宝飾部門の担当デザイナーを連れて」

新人男性は興奮気味に話し始めた。

平塚も身を乗り出す。

「へー。迅速だな。本格的な顔合わせは来週になるかと思ったのに、かなり融通してくれたのかな?」

「詳しい経緯はわからないですけど、電話の感じからすると、根回し済みだったみたいです。さすがは嶋崎室長ですよね」

「それはすごいな。会議に通らなかったら、目も当てられない結果になってたってことか」

「ですよね。打診とはいえ、こっちの企画を筒抜けにするわけだから——。そうか、そう考えると、すごい勝負をかけてたんですね。嶋崎室長」

「だな」

杏奈は黙って聞いていた。

時折平塚達から視線を向けられると、相づちを打った。

これに関しては経緯がわかっているだけに、自然と口元が緩むのが止められない。何より嶋崎の名前を聞いただけで、今はドキドキしてしまう。

杏奈はそれをごまかすように、度々コーヒーカップを口元へ運んだ。

カップが空になっても、なかなか手放すことができなかった。

＊＊＊

御前会議が行われた週の金曜日。平塚達は、これまでになく朝から浮き足立っていた。

会議までが一山とすれば、ここからが二山目だ。企画を通すまでの緊張感とはまた違った感情が湧き起こるのだろう。

この銀座桜屋の宝飾部門に、飛び込み営業以外で他ブランドの人間が訪ねてくるのは初めてだ。

普段と変わらないのは、すでに比嘉と面識のある嶋崎だけで、今日にいたっては石垣でさえ浮き足立っているように見えた。杏奈も釣られて、そわそわしてしまう。

そんな杏奈に他部署から声がかかった。

相手は以前、応援要請を受けたことのある紳士服売り場の責任者だ。

「一度ならず二度までも、申し訳ない」

「いいえ。お気になさらないでください」

杏奈は人手不足を埋めるために、再び紳士売り場へ手伝いに行った。

半日、売り場での仕事をし、企画室に戻ったときには、すでに三時を回っていた。

（さすがにもう終わってるか）

〝Real Quality〟との打ち合わせに興味があったのは、杏奈も同じだ。嶋崎達がどんな相手と話し合いをするのか一目見たかったが、これぱかりは仕方がない。

そう、思っていたときだった。

「あ、百目鬼さん。いいところに戻ってくれたわ。お客様が見えられたの。お茶出しをお願いしてもいいかしら。四人分」

「はい」

部屋から出てきた石垣に声をかけられ、杏奈は返事をするも驚いた。

〝Real Quality〟からの来客は今来たばかりで、打ち合わせもこれからだそうだ。

「えー。そういうのは、私に言ってくださいよぉ〜。お客様って〝Real Quality〟のダンディ比嘉社長と装飾デザイナーのプリンス・アッキー様ですよね？　私、プライベートではお二人の服やアクセが好きだし、ご本人達はもっと好きなんですよぉ。学生の頃から大ファンで」

休憩時間だろうか？　杏奈の背後から現れた三富が石垣に声をかけた。

「それだからあなたには頼めないの。いいから自分の売り場に戻りなさい」

「えー、つまんなーい。もう！　杏奈さん。あとでどんなだったかじっくり話を聞かせてね！　あ、なんなら売り場見学とか言って、お二人をご案内……」

「三富さん！」

母娘のような会話になっていて、思わず杏奈は口元を手で隠した。

石垣に注意されても全くめげない三富は、「チーフの意地わるぅっ」と唇を尖らせつつも、杏奈には「あとで話を聞かせてくださいねー」と、いたってマイペースだ。

立ち去る後ろ姿を見つめながら、石垣が肩を落としたことは言うまでもない。

「じゃあ、私は戻るから」

「はい。すぐに淹《い》れてお持ちします」

杏奈は給湯室へ向かい、一応日本茶とコーヒーの両方を用意して、来客中の部屋へと向かった。

可動式の衝立《ついたて》で仕切っただけの応接スペースでは、すでに〝Real Quality〟の二名と嶋崎や石垣が挨拶《あいさつ》を交わしているようだった。互いの声が聞こえてくる。

杏奈がお茶を持ってスペースに近づくと、衝立の隙間から中の様子が少し見えた。

少し年配の男性がいた。一瞬目にしただけだが、かなりイケメンだ。

(──わ。素敵)

杏奈の気配を察したのか、中から石垣が現れる。

「ありがとう」

「いえ、どういたしまして」

石垣に手渡したトレイには、日本茶とコーヒーが二人分ずつ載っていた。一目で杏奈の気遣いを理解したらしい石垣は、微笑を浮かべてそれを受け取った。

石垣が衝立の中へ入っていったのを見届けると、杏奈はデスクに戻った。たまっていた仕事を始める。

「本日はご足労いただきまして、ありがとうございました」

お茶が行き渡ったところで、打ち合わせが始まったようだ。

さほど広い部屋ではないため、衝立の中から嶋崎の声が聞こえてくる。

一瞬キーボードを叩く杏奈の手が止まった。

「——企画が通って何よりです。先に話を伺っていましたので、私もハラハラして連絡を待っていました。今日、こうして銀座桜屋にこられて夢のようです。まあ、久し振りに会った桜川には睨まれましたけど」

答えたのは、〝Real Quality〟の服飾デザイナーにして創設者でもある代表取締役社長・比嘉だろうか？

先ほど少し目にした彼は、三富が「ダンディ」だと言っていただけのことはあり、カジュアルな装いではあったが、センスのよさが際立つ男性だった。いい具合に年を重ねたスリムなハンサムで、同じ年のデザイナー同士とはいえ、常に部下を威嚇《いかく》しているような形相の桜川専務とは対照的だ。

「申し訳ありません」

「あ、気にしないでください。私も彼に舌を出して反撃しましたから」

「は？」

「良くも悪くも言いたいことが言える仲ってことです。——あ、名刺を」

「はい」

どうやら比嘉は、性格のほうも桜川専務とは真逆そうだ。

話の流れが、比嘉が同行させた男性のことになった。

（若い人のほうね）

杏奈は比嘉の隣にいた男性を思い浮かべた。

顔ははっきりとは見えなかったのだが、少し長めの前髪に片耳だけのピアスが印象的だった。

首や胸元には黒革とシルバーで作られたアクセサリーを重ね付けしていて、それらがラフに着こなすベストスーツとマッチし、とてもおしゃれな印象だった。

三富が「様」付けで呼ぶぐらいだから、実際かなりのイケメンなのだろう。

「彼が今回お話をいただいたコラボ企画の担当デザイナーの稲垣《いながき》です。まだ若いですが、すでにヒットシリーズも出していますし、銀座桜屋さんのご要望に十分応えてくれると思います」

「〝Real Quality〟の稲垣暁紀《あきのり》です。よろしくお願いします」

だが、耳に入ってきたその名前に、杏奈の手が再び止まった。

（稲垣暁紀？　まさか……）

「改めまして。企画営業室の嶋崎です」

「同じく石垣です。このたびはお世話になります」

書類を前にはしているものの、杏奈は首を傾げ続けた。

その間も衝立《ついたて》の向こうでは話が進み、ほどなくして初回の打ち合わせは終了した。

最初に出てきたのは石垣だ。

「お客様がお帰りです」

室内にいる杏奈達に声をかける。その場にいた者達は、見送りのために席を立った。

「百目鬼——杏奈⁉」

突然名指しされて、ハッとした。

（⁉　——やっぱり、稲垣！）

杏奈は稲垣と目が合ったが、驚いてしまって声が出なかった。

「あら。稲垣さんと知り合い？」

「高校時代の——同級生です」

双方を見比べる石垣の問いには、杏奈ではなく稲垣が答えた。

すぐに返事をしなかったことで、嶋崎は何か察したらしい。杏奈に一瞬目を向けたが、何も言わなかった。

「ほー。それは奇遇だね。こんなところで会うなんて」

二人の再会に機嫌をよくしたのは、比嘉だった。

「これから行き来が増えることだし、心強いじゃないか。新企画のチームメイトに馴染《なじみ》の顔があるなんて」

「はい」

稲垣は、比嘉に相づちを打ちながらも、視線は杏奈からはずさなかった。彼が何か言いたそうなのが伝わってくる。

だが、杏奈はそれを拒むように、会釈《えしゃく》をすることで彼からの視線を外した。

「じゃ、いいご縁があるとわかったところで、今日のところはお暇《いとま》しよう」

「――はい」

比嘉に背中を押されて、稲垣が部屋をでる。

見送りのために顔を上げた杏奈が目にした稲垣の横顔は、どこか寂しげだった。

それは、杏奈には、まるで覚えのない表情だった。

＊　＊　＊

杏奈が稲垣との再会を純粋に喜べなかったのには理由があった。彼、稲垣暁紀はただの同級生ではない。杏奈にとっては元彼――それも生まれて初めて付き合った相手だったからだ。

〝なあ、杏奈。俺と付き合わない？〟

〝え？〟

〝だからその、グループ付き合いじゃなく、個人的に〟

〝あ、うん……。でも、私でいいの？〟

〝お前だからいいんだよ。変に女々《めめ》しくないし、話のノリもいいし〟

〝――そう。そっか。ありがとう。嬉しい〟

物心がついたときから、杏奈は女の子の中では背が高いほうだった。

小学校、中学校に入ってもそれは同じで、自分より背の高い男子生徒は限られていた。

だからというわけではないが、杏奈は思春期にありがちな恋の話で盛り上がったことがない。

それどころか、女友達からは〝頼りがいのある同性〟として、実際頼られることも多かった。そして気がつけば、他人の世話ばかり焼いていた。

女の子から、勝手に彼氏代わりにされていたこともあった。

――杏奈が女子高に行ったら、絶対にお姉さまか王子様だよね。

そんな台詞《せりふ》を、当時何度も言われた。

だから、高校へ入ってから自分より背の高い男子が増えて嬉しかった。

表立ってキャーキャーするわけではないが、なんとなく自分の目線がこれまでより上に向くことが嬉しかったのだ。

そして、見上げた視界の中に常にいたのが、誰もが認める容姿端麗な稲垣だった。クラスメイトで仲はよかったが、彼には好意を寄せる女生徒が多かった。

言葉は悪いが、彼が恋人を作ろうと思えば、より取り見取り。周りには小柄で可愛い女の子がたくさんいたから、杏奈は彼に告白されて驚いた。最初は何が起こったのかわからなかったぐらいだ。

ただ、彼が杏奈の性格を知って好意を寄せてくれたことが嬉しくて、杏奈はすぐにＯＫをした。

しかし、二人の関係は長く続かなかった。

友情の中から芽生えた恋愛だったこともあり、杏奈は稲垣と同時に周りも大事にした。稲垣にしても、初めは同じだった。

だが、些細《ささい》なことがきっかけで、稲垣が杏奈の言動を細かくチェックするようになり、ことあるごとに不機嫌になったのだ。

杏奈にとっては、何が気に入らないのかわからない。

そのうち、杏奈が親友の彼氏を奪ったという話が女の子たちの間で出た。やがてそれは、杏奈が稲垣とその彼と、二股をかけているという噂に発展した。

それを稲垣は鵜呑《うの》みにし、二人の関係はさらにぎくしゃくした。

杏奈は何度となく、稲垣に「二股なんかかけていない」と説明したが、言い訳と取られて、こじれに拍車をかけた。

そして、杏奈が理不尽《りふじん》さに耐えられなくなっていたある日、とうとう稲垣が行動を起こした。

〝何？　どこ行くの稲垣？　こんな裏通りに何があるのよ〟

〝ホテル〟

〝え!?〟

〝別にいいだろ。俺とお前は付き合っているんだから、問題ないだろう〟

〝何言ってるの？〟

〝もったいぶるなよ。初めてでもあるまいし〟

〝――っ!!〟

杏奈はデート中にラブホテルへ連れ込まれそうになり、頭の中が真っ白になった。

気が付いたときには、込み上げた悲憤と共に稲垣の頬を力の限りひっぱたいていた。

〝最低〟

〝なんだよ。やっぱりもう、他の男とできてたのかよ〟

〝なんとでも思えばいいでしょう！　あんたなんか大嫌い！　さよならっ‼〟

何度説明しても、信じてもらえない理由が誤解や噂にあったからではない。そもそも稲垣は杏奈を〝そういう女〟だと思っていたのだと知って、一瞬にして嫌になったのだ。

怒りと悲しみが同時に起こったことで、恋愛も友情もどうでもよくなった。

杏奈はそれを最後に、稲垣とは口を利《き》かなくなった。稲垣からも、これといって謝罪や弁解はなく、そのまま別れた。

それまで友人であったはずの子達にも、自分からはいっさい話しかけず、学年が変わった頃にはクラス替えと受験ですべてがうやむやになった。

いっときあれこれたてられた噂も、杏奈と稲垣が別れてしまえば意味をなさない。結局、何も解決しないまま卒業を迎えたのだ。

今となっては思い出すこともなくなっていた。

なのに、そんな相手とこのタイミングで再会するとは。

とはいえ、杏奈は嶋崎に変な誤解だけはされたくなかった。

週末、初めて招かれた彼の部屋で、杏奈はすべてを告げた。

「いったい、どうしてあんなふうにこじれたのか、正直言えばいまだによくわからないんです。けど、最初に勤めた会社でも、似たような騒ぎがあって。やっぱり私自身に何か問題があったのかなとも考えて――。それで何年も、誰とも付き合わなかったんです」

嶋崎は「そうだったのか」と、終始相づちを打ちながら聞いてくれた。

「もし、博信さんから見て、こいつ軽いなとか思う部分があったら、正直に言ってくれませんか？　直せるところは直します。もちろん、サンドリヨンでの接客のことを言われたら、言い訳も何もできないんですけど」

このさいだからというわけではないが、二度目の恋も上手くいかなかったことを隠さず打ち明けた。

さすがに三度目の二股疑惑は受けたくない。他人から見て、自分にこれという原因があるなら指摘してほしかったのだ。

「うーん。別に俺は、杏奈が軽そうだとは思わなかったけどな。サンドリヨンでの接客なんて、営業内容から考えたら、ずいぶん硬派に見えたし」

「硬派……ですか？」

「ああ。まともに見たのは一度きりだけど、愚痴《ぐち》聞きメインでお世辞ゼロ。たまに聞こえるのは誘い文句じゃなくて叱咤激励《しったげきれい》。なんか、杏奈のテーブルって、街中の占いコーナーみたいだった。杏奈にも指名客にも色っぽい話は全く出ないし。実のところ永沢には、この店で杏奈に色目を使ったのはお前だけだって、怒られたぐらいだからさ」

「――」

「いや、ごめん。でも、それぐらい君が軽々しくは見えなかったたって話だよ。真面目でお堅いOLってだけじゃなかったんだな……とは思ったけど。簡単に口説《くど》けるホステスにも見えなかった。

だから余計に興味が湧いたんだ。百目鬼杏奈って女性に」

今だから言えるけど――と、笑いを交えて嶋崎は言う。

「――ただ、杏奈はどう装ったところで、基本がすごく真面目だ。誰を相手にしても、きちんと受け答えをするし、他人が見てわかるような贔屓《ひいき》もしない。だから、自制の利《き》かない奴に惚れられたら、そうとう束縛されるだろうな」

「束縛？」

「男女に限らず、誰が見てもわかるぐらい自分にべったりで、自分だけが特別扱いでないと不安になる人間はいるだろう。そういう独占欲が強くて嫉妬《しっと》深いタイプが杏奈と付き合ったら、大暴走するんじゃないかな。当時の彼みたいに」

嶋崎は、再び黙り込んだ杏奈に「失礼」と軽く手を上げるジェスチャーを見せると、リビングテーブルに置いていた煙草と灰皿を手元に寄せた。

煙草を咥《くわ》えて火を点し、一呼吸置いてから話を続ける。

「それでも、恋愛に限らず好きな相手を疑うきっかけなんて、そういくつもない。これっていう現場に遭遇するか、何か疑わしい言動を感じるか、もしくは第三者から何か言われるかだ。けど、直接現場に遭遇する以外で疑ったってことは、杏奈を信じられなかった以上に、自分を信じきれなかったんだと思うよ。自信がなかったんじゃないかな」

「自信、ですか？」

「そう。自分に自信がなかったから、恋人からちゃんと好かれている、信頼されているって安心できずに、疑心暗鬼に囚われた。もっと言えば、そんな自分と常に堂々としている君を比較して、ますます自信を喪失していた可能性もあるね」

それは、実に嶋崎らしい意見だった。

今も昔も、杏奈では考えつかない内容だ。

それほど稲垣暁紀という男は、杏奈には自信に満ち溢《あふ》れているように見えていた。だが、嶋崎から言われると、そうだったかもしれないと思えた。

「まあ。それにしたって恋人が違うって言ってるのに、それを信じられないなら、振られて当然だよ。不貞の濡れ衣を着せられた杏奈のほうは、たまったもんじゃないだろうけど。恋も友情も、信頼がなければ成り立たない。まずは相手を信じる強さを自分が持たなければ、得ることができない。彼も、杏奈が離れて、思い知ったんじゃない？　たとえそのときにわからなくても、何年か後には――」

実際のところは、稲垣本人にしかわからない。

それに、杏奈としても、今さら当時の思いを知ったからといって、何がどうなるものでもない。

ただ、こうして吐き出してみると、楽になった気がした。何か、長い間憑《つ》いていた物が落ちたような、清々《すがすが》しさを感じている。

「そうか。それもそうですね」

嶋崎は、杏奈が説明したことに対して、何一つ疑うことなく信じてくれた。

その上で感じたこと、思ったことを口にし、すべて杏奈にぶつけてくれた。

今の杏奈にとって、これ以上喜ばしいことなど何もない。嶋崎から愛され、信じられているだけで、過去の痛手はすべて消えてしまった。

「ところで、ひとつ聞いていい？」

「はい」

「杏奈には、自分が劇的に変わったなって思うような時期はある？　それとも昔から今と同じような感じ？　たとえば、彼と知り合ったころから振り返ったらどう？」

その後も嶋崎は杏奈と向き合い、話を続けた。

吸い終えた煙草を灰皿でもみ消し、それとなく肩を抱き寄せる。

晩夏の夜は短くとも、週末の時間はまだたっぷりとある。御前会議が終わったので、嶋崎もこの土日はフリーだ。

金曜の夜を、互いを知り合う話に費やしたとしても、まだ余裕がある。

とはいえ――

「劇的かどうかはわからないですけど、高校でのことが原因で、大学では他人に深入りできなくなりました。就職して、ようやく気持ちが落ち着いてきたところで二度目のトラブルが起こったので、新卒で入社した会社を辞めたときには、価値観も変わっていました」

「価値観？」

「その、お金に対して。自己防衛のために先立つものは絶対不可欠っていう考え方や、そのために行動するとかってことは、そのときまではなかったので」

嶋崎が、杏奈からこんな話を聞きたかったかどうかはわからない。もっと別な、前向きな話をしようとしていたのかもしれない。

だが、聞かれるまま答えたら、どうしてもこんな話になってしまった。

通りすぎた二つの恋が、いかに杏奈にとって、大きな影響を与えていたかがわかる内容だ。

「実際、私が迷うことなく銀座桜屋から撤退できたのも、蓄えがあったからだし。でも、こうして言葉に出すと浅ましいですね。店でも派遣先でも、みんなによくしてもらっているのに。それはわかっているのに――」

嶋崎と目を合わせているのが辛くなり、杏奈はふっと視線を下げた。

すると、嶋崎は杏奈の顔を覗きこむわけでもなく、肩を抱いた手に力を入れた。

「そう？　そこはむしろちゃんとしていると評価される点だろう。俺には持ち前の自立心や生真面目な性格が、そのまま労働と貯蓄になったように見えるけど」

「？」

「俺だって、いつ何があるかわからないから人脈と金だけは持ってないとなって、常に身構えてるよ。実際終身雇用の時代じゃないし、不況続きで先輩や同僚がリストラを食らってるのも目の当《ま》たりにしてるからね」

どんなに綺麗ごとを並べたところで、生きていくために要るものは要る。親から自立し、ある程度の年齢になれば、それは誰しも同じことだ。

ただ、いつでも逃げられるように、という負の方向への考えに重点が置かれていることから、杏奈は自分の金銭欲を醜《みにく》いと感じていた。たとえ身を守るためだとしても、後ろめたかったのだ。

「ただ、俺は、杏奈ほど手痛い目に遭ったことがない。最後に身を守ってくれるのがお金だけっていう気持ちになるほど、ひどい誤解や裏切りは受けたことがなかったし。むしろ、最後は人と人との繋《つな》がりだよなって思えるほど、俺は周りの人間に助けられてきた。特に父親が事業に失敗した借金を残して、いきなり他界したときにね」

「――っ」

いきなり飛び出した話に、杏奈は息を呑んだ。

「当時は最悪なんてものじゃなかったよ。母親が連帯保証人だったから、逃げるわけにもいかないし。――あ、もちろん返済は終わってるよ。大学を中退して銀座桜屋に入社してからも、三年ぐらいは会社以外のバイトを掛け持ちした。その間に、俺はたくさんの人に出会って、そして助けてもらったんだ。短期でいろいろやったから、道路工事や配送仕分け、バーテンダーなんかも経験したかな。規約違反は承知の上だったけど、そうでもしなかったら早期では返しきれなかったからさ」

これまで何度となく耳にしてきた嶋崎の大学中退話だが、詳しく聞いたことはなかった。ましてや彼が昼夜勤めていた時期があるなんて。

〝見事に二足のわらじを履きこなしているのが立派だよな。けど、そうまでして働く理由が何かあるの？　支障がなければ教えてほしいんだけど〟

杏奈は、これまで嶋崎が発してきた言葉の重みや、そこに含まれていた労《いたわ》りを、今初めて痛感した。

〝俺は、サンドリヨンで君に会ったときから、ずっと考えていたんだ。君は正社員への話が来ないから夜が辞められないのか、それとも家に事情があって昼夜働いているのかって〟

嶋崎は、自分が苦労してきたから、杏奈を気遣ってくれていたのだ。

「ただ、悪いことはできないよな。バーテンダーをやっていたときに、偶然陽彦が店に来ちゃってさ。訳を話して見逃してもらったよ。今思えば、あれがきっかけで陽彦との距離が近くなったんだ。返済は大変だったけど、苦労や金には代えられない友人を得たと、今なら言える」

嶋崎は前向きだった。

「でも、そういう人や運に恵まれたから、逆に俺はそれらを軽んじるようになっていた。いつの間にか感謝の気持ちも薄れていたから、杏奈に〝ありがとうが先でしょう〟って言われて、ドキッとしたんだ」

嶋崎にこんなことを言われたら、自分のほうがドキッとしてしまう。

杏奈は下ろした視線を再び上げて、嶋崎と目を合わせた。

「なんて、こじつけすぎか」

「――博信さん」

嶋崎は、まるで二人が巡り合うべくして巡り合ったような言いかたをしてくれた。

いいも悪いも、苦も楽も、すべてが二人の出会いに繋《つな》がった。こうして惹かれ合う要因になったと、とても優しくこじつけてくれたのだ。

（数秒前より今のほうが好き。きっと数秒後には、もっと彼を好きになっているわ）

杏奈はますます彼に惹かれていくのを実感した。

「ごめんな。嫌なことを思い出させて。言わせて。でも、俺としては聞けてよかったよ。二度も嫌な思いをした、もしかしたら恋愛なんて懲《こ》り懲《ご》りだって思っていたかもしれない杏奈が、こうして俺と付き合ってくれた。もう一度恋愛してみてもいいかなって思ってくれたんだってわかったら、かえって自信が持てた」

杏奈は、ただただ嬉しくて嶋崎の胸に身を寄せた。

「この信頼だけは裏切れない、裏切りたくないって――。そういう気持ちがいっそう強まったからさ」

「博信さん」

自分から両手を彼の背に回して抱きしめることで、杏奈は今の気持ちを表す。

「杏奈」

「私も……。私も博信さんだけは裏切りたくない。絶対に裏切らない」

二人の上体が崩れて、毛足の長いラグに横たわる。

杏奈は引きこまれるようにして、仰向けになった嶋崎の身体の上に覆いかぶさった。彼の胸に頬を寄せる。

「ありがとう。でも、そんなに力まなくてもいいよ。そもそも杏奈は意図して誰かを裏切ったことなんかないだろう？」

「――」

「勝手に誤解されたり勘違いされたりしたことはあっても、自分から騙してやろうとか、傷つけてやろうとか、そう思って行動したことはないだろう」

少し乱れた長い髪を、優しくすかれて胸がときめく。

「俺もドレスアップした杏奈を見て、勝手に浮かれてイメージを決めつけて、失礼なことを言ったと思う。綺麗だって褒めたつもりで実は傷つけたとか、あると思う。でも、だからって杏奈は俺に仕返ししようなんてしなかった。実際退《しりぞ》かれたときには連絡が取れなくて困ったが――。でも、引き継ぎそのものはちゃんとしていたし、残された俺達が困らないような指示書もしっかりと作られていた。やるべきことはやってから去った。それが百目鬼杏奈だ。俺が恥も外聞もなく追いかけたのは、そういう君だ。仕事がどうこうというより、きっと俺個人があのまま君と疎遠になるのが嫌だったんだ」

言葉の一つ一つが優しくて、仕草の一つ一つが優しくて、どうしていいのかわからなくなる。

わかっているのは、彼のすべてが愛おしいということだけだ。

「仕事ができて、人柄がよくて、気が利《き》いて。実はこんなに素敵な女性だった君を逃したら絶対に後悔する。あとがないぞって」

「それは、褒めすぎです」

ようやく言葉を返したが照れくさくて、杏奈の頬が膨らんでしまう。

「かえって信用できなくなる？　嘘っぽく聞こえる？」

「そんなことはないですけど――」

「でも、どこかで疑いたくなるか」

「博信さん」

からかいたいのか困らせたいのか、嶋崎がクスクスと笑いながら杏奈を責める。

ふいに身体を返すと、彼は杏奈をその場に組み伏せ、キスをした。

「んっ——っ」

「だったら君も負けないぐらい、俺を褒めてくれよ。どこが好きか、気に入ったか。はっきりと口にしてくれ」

深くて甘くて、これまでで一番激しいキス。

「そしたら、お互い様になる。ただの恋人馬鹿同士になれる」

杏奈は強く唇を吸われるたびに、毛足の長いラグをつま先で蹴った。彼の背に回した両手に力が入り、胸の鼓動が大きく響く。

「好きになって、付き合い始めて、間がないんだ。今ぐらい特殊なフィルターがかかってても、許されるだろう」

「——んっ」

いつしか互いの両手が、相手の身体に絡んで、素肌を探っていた。

全身で感じる彼の重みが心地よくて、杏奈の口から艶《つや》やかな吐息が漏れる。

「杏奈」

「あっ、博信さんっ」

杏奈は嶋崎を求め、そして求められるままその場で肌を晒した。

嶋崎はベッドに移動する一瞬の間さえ惜しいとばかりに、その場で杏奈を抱いてきた。

白い乳房が、湧き起こる悦《よろこ》びに揺れる。

「博信さん——」

杏奈も嶋崎に身を委《ゆだ》ね、自らも快感を貪《むさぼ》った。

明日になったら、どんな言葉で彼を褒めようか？

頬も身体も火照《ほて》るほど饒舌《じょうぜつ》に攻めるには、どんな単語を並べたらいいのだろうか？

「杏奈。もっと深く、俺を受け入れて。身体も心も俺だけを——受け入れて」

「博信さんだけよ。私が好きなのは、こうして寄り添うのはあなただけ」

杏奈は、彼の恋のフィルターが剝《は》げないように、今より少しでも仕事ができて、少しでも優しくて、少しでも綺麗な女性になりたいと思った。

8

嶋崎と初めて過ごした週末は、杏奈にとって至福のひとときだった。

金曜の夜から日曜の夜までの、すぎてしまえばあっという間の時間だったが、こんなに他愛もないことが嬉しかったのは初めてだ。

食事をして、テレビを観て、買い物へ行って、家事をした。

どれもこれもが日常的なことばかりで、特にこれというイベントではない。

むしろ、どちらからともなく身を寄せ、互いに甘え合う時間を堪能した。一緒にいるだけで、幸福感は存分に得られた。

十分な休息と愛情は、間違いなく月曜からのエネルギーとなり覇気となる。


「失礼します。〝Real Quality〟の稲垣ですが」

「――お待ちしておりました。こちらへどうぞ」

稲垣が再訪問してきたのは週末――八月最後の金曜のこと。杏奈は笑顔で挨拶《あいさつ》をし、彼を出迎える。

「今、嶋崎と石垣を呼んでまいりますので、こちらにお掛けになってお待ちください」

「ああ。ありがとう」

特別意識することなく、お茶出しなどができた。

そうして改めて、今の恋人、嶋崎の仕事相手となった稲垣暁紀の資料に目を通す。

（高校卒業後は独力でフランス、イタリアにデザイン留学。そこで出張中の比嘉社長に見出《みいだ》されて、装飾部門に招かれて帰国。自作のアートクレイシルバーによるデザインを発表するや否や、一躍〝Real Quality〟の看板デザイナーの一人として頭角を現す。艶《つや》やかでユニセックスな作風と、それを裏切らない本人のビジュアルが追い風となり、今や女性誌からも注目の的、か）

ちょっとパソコンで検索をかければ、稲垣の経歴はすぐに見つけることができた。

（普段女性誌は読まないから全然知らなかったけど、すでに〝違う世界の人〟って感じよね。でも、そう言われたら、こういうのが好きだったっけ。初志貫徹ってところなのかな？　それにしても稲垣の過去コレクションって、本当に〝ジュエリー・SAKURA〟の志向とは真逆なのね。華美というか、ゴージャスというか。それでいて、重厚。清楚で可憐で慎《つつ》ましやかな大和撫子《やまとなでしこ》そのもののことは大違い。でも、だからこその冒険だろうし……。上手くいくといいな。このコラボ）

杏奈は、検索した稲垣のデータを見終えると、すぐに消した。

少なくとも目の前に現れた稲垣は成功者だ。好きな道を努力して進み、何があっても諦めることなく頑張り続けて今にいたったのだろう。今の杏奈が彼に言えることは、賞賛だけだ。それ以外には何もない。

「それでは、次回までにこれらのサンプルを作ってきますので」

「――お願いします」

二度目の打ち合わせが終わったのか、衝立《ついたて》の向こうから稲垣と嶋崎が現れた。

比嘉がここへ足を運んだのは最初だけで、二度目からは企画担当者となった稲垣だけが、この銀座桜屋と行き来をするという。

嶋崎や石垣、ときには平塚と相談しながら、まずは企画品の第一弾を製作していくことになっているようだ。

「お疲れ様でした」

杏奈は部屋をでる稲垣に声をかけてから、応接テーブルに置かれたコーヒーカップを下げに行った。

（さてと――。どうせだから、部屋に残ってるみんなにも淹《い》れていこうかな）

杏奈は給湯室で洗い物を済ませると、自分が飲みたかったこともあり、コーヒーの準備をした。

部署別に棚置きされているカップをトレイに並べる。嶋崎のカップを手にすると、これまで感じたことのなかった感情が起こって、自然と微笑が浮かんだ。

そのとき、いきなり扉が開いた。

「杏奈」

「っ！」

現れたのは、すでに引き上げたと思っていた稲垣だった。驚く杏奈から目を離さないまま、稲垣は後ろ手に扉を閉める。

「久しぶり。少し話してもいいか？　無理ならあとで連絡したいんだけど」

仕事中とは打って変わって、気どらない話し方だった。手にしたスマートフォンを杏奈に示しながら、当たり前のように連絡先を求めてくる。

「話だったら今、ここで聞くわ」

「そう」

杏奈が連絡先の交換を断ると、稲垣は少しふて腐れた顔で、スマートフォンをジーンズの後ろポケットに突っ込んだ。

ただの給湯室の一角が、いつもと違って見える。

これは、彼が持つ華やかな雰囲気のせいだろう。杏奈は稲垣から目を逸《そ》らした。

たまたま手にしていた嶋崎のカップをキュッと握る。

「元気にしてた？」

「おかげさまで」

「実家の住所や電話番号、変わったんだな。お前のクラスの同窓会委員の奴が、連絡がつかないって俺に聞いてきたぞ」

「――ああ。それは、ごめんなさい。兄夫婦と二世帯住宅を建てるってことで引っ越したからね」

稲垣は、昔のままのノリで杏奈に話しかけてきた。

「そうだったんだ。で、兄貴の相手は当時のままなの？」

「うん。相思相愛のカップルが、そのままおしどり夫婦になって、今や二児のパパとママ」

「ふーん。続くところは続くんだな」

「それなりに揉めたこともあったみたいだけどね。でも、結婚するならお互いしかいないってなったみたい」

「そっか。羨《うらや》ましい限りだな」

自分のほうが過去に囚われすぎなのかと思うぐらい、稲垣は出会ったころと同じ調子だった。

だが、これから何が起こるわけでもないからかもしれない。

そう考えると、杏奈の肩から力が抜けた。

それでも杏奈の手から、嶋崎のカップが離れることはない。

「それよりさ――」

稲垣の背後で、再び給湯室の扉が開く。

「――あ、失礼」

平塚が、驚いて後ずさるのが見えた。杏奈は、咄嗟に声をかける。

「どうしたんですか？　平塚さん」

「いや、ちょっと。コーヒー淹《い》れようかなと思って」

「丁度今、淹れようとしていたところですよ」

「そう。ありがとう」

「じゃあ、俺はこれで」

平塚が中へ入ると、稲垣は身を引いた。

「お疲れ様でした」

「あ、杏奈。今度飯誘うから、時間空けといて」

「え？」

「あとこれ。話がぶった切れたから、連絡寄越せよ」

そう言うと、稲垣は羽織っていたジャケットの内ポケットから名刺を取りだし、シンク脇に置いた。

「ちょっ！　しないわよ、こっちから連絡なんて！　稲垣っ。稲垣‼」

名刺を取って突き返すも、すでに稲垣は出て行っていた。

まさか追いかけていくわけにもいかず、杏奈は唇を噛み締めた。

背後からは、戸惑う平塚の視線を感じる。

「すみません。今、淹《い》れますね」

杏奈は気を取り直して、シンクに向かった。

手にした名刺はスカートのポケットに入れ、もう片方の手に持ったままだった嶋崎のカップも、いったんサイドテーブルに置いた。

人数分のカップを出してコーヒーのドリップパックをセットしたところで、平塚に「ここで飲んでいくから」と言われたので、彼の分からお湯を淹れ始める。

「本当に同級生だったんだな」

淹れたてのコーヒーを渡すと、平塚が聞いてきた。

「え？」

「百目鬼って、全然自慢しないから」

「何をですか？」

「稲垣暁紀のことだよ。ちょっと顔見知りってだけでも、相手が有名人になったら、途端に親戚だとか親友だとか言い出す奴とかいるだろう。ましてや相手は肩書抜きでもモテそうな色男だ。知り合いってだけでも鼻が高そうじゃん」

どうやら平塚は、稲垣に対する杏奈の態度が不思議だったようだ。

だが、言われてみればそうなのかもしれない。稲垣がただのクラスメイトなら、杏奈も躊躇《ためら》うことなく声をかけただろうし、再会を喜べたはずだ。でも実際には気持ちのどこかでリセットしきれていなかったから、しこりのようなものが残っていた。

「実際三富なんか、うちでコラボ企画をやるってだけで、売り場で他の子達に自慢してたし。俺が見た限り、廊下ですれ違った程度だと思うんだけど、〝アッキー様が立ち止まって私のことをじっと見たの。見つめてニッコリ笑ったのよ〜〟って、勘違い炸裂《さくれつ》で大はしゃぎしてたからさ」

面白おかしく伝えてきた平塚の話が、かえってありがたい。

きっと三富のことだ。思ったまま、感じたままを口にしてはしゃいだのだろう。簡単に想像できて、杏奈の顔にも笑みが浮かんだ。

最後に残した嶋崎のカップにも、気分よくお湯を注げる。

「それはあながち勘違いじゃないかもしれませんよ。彼、昔から人の顔をジッと見るくせがあったし、三富さんぐらい可愛かったら、そうでなくても目がいくでしょうから。——あ、飲み終えたらシンクに置いといてください。あとで一緒に洗いますから」

話しながら、コーヒーの準備を進める。途中で平塚が飲み終えたのに気づいて、一声かけた。

「ありがとう。ごちそうさま」

だが、平塚はそう言うと、シンクに向かい、蛇口をひねってカップを洗った。

そしてそのカップを、自分で棚に戻す。

「——なあ、百目鬼。今度飯行かない？」

嶋崎のコーヒーを淹れ終わった瞬間、声をかけられて驚いた。

手元がすべって、カップを倒しそうになる。

「今の企画がひと段落したら、室のみんなでパーっと」

やはり自意識過剰になっているようだ。

杏奈は最後まで平塚の言葉を聞いて、気が抜けた。

「それはいいですね。決まったらぜひ誘ってください」

使用済みのドリップパックをゴミ箱に落として、コーヒーが載ったトレイを持ち上げた。

「——よし。決まり」

平塚に給湯室の扉を開けてもらいそのまま戻ると、各自のデスクにコーヒーを配った。

＊＊＊

御前会議から二週間がすぎた、九月の第一週のことだった。

八月最後の土日を嶋崎と過ごした杏奈は、このままサンドリヨンに通い続けるかどうか、そして今月いっぱいで銀座桜屋への派遣契約を終了するかどうか悩んでいた。

「おはようございます。マスター」

「おはよう。杏奈」

「おはようございます。杏奈さん」

「おはよう。みんな」

もともと来年の春、三十になったら、会計関係の資格取得のために勉強を始める予定だった。派遣仕事はその段階でいったん中断し、サンドリヨンに関しては、学校を決めてから出勤の調整をしようと考えていた。人付き合いの面だけでいうならば、派遣仕事よりもサンドリヨンのほうが長いし深い。いきなり店を辞めることは考えていなかったのだ。

しかし、今の杏奈には嶋崎がいる。

嶋崎自身は杏奈の仕事に関して、特に意見はしてこない。この先何事かが起これば別だろうが、現状では杏奈から切り出さない限り何も言わないだろう。

それだけに、杏奈は真剣に悩みながらも、なるべく早く決断しようと考えていた。辞めるにしても続けるにしても、これは一つの岐路だ。いろんな面で、今後を見据えて決めなければならない。

「杏奈さん。十番テーブルにお願いします」

「はい。どちらのお客様？」

「永沢様です。ご友人を同伴されたので、ぜひにと」

「そう――。ありがとう」

杏奈はうなずくと、テーブルへ向かった。

嶋崎と付き合い始めてから、肌の露出が少ないドレスばかり選んでいる。

（お友達を同伴って、まさか博信さん？　いきなり寄ってみようとか、そういうノリになったのかしら？）

今夜はシャンパンカラーのパーティードレス。イブニングドレスのような華美さはないが、コクーンシルエットのドレスは、愛らしさと艶《あで》やかさのバランスがよく、周囲の評判は上々だ。

最近の杏奈は、わざと地味に装うこともなければ、勉強不足だったメイクのために派手な顔になることもない。ある意味、性格に外見が追いついてきた形だ。

メイクを教わっていたときに三富に、

「杏奈さんって、基本がケバい系美人だから、これからのほうが断然有利ですよね。多分今のままの印象で、四十代に突入しそう。年を取るほど若く見えるタイプって、羨《うらや》ましいな～。あ、でも、ちゃんと肌のお手入れはしないとだめですよ。それこそ宝の持ち腐れになりますからねーっ」

と、手放しには喜べない賛辞をもらったが、言われてみるとそうかもしれないという説得力はあった。

これまで誤解を招きがちでコンプレックスだった容姿が、これからは自分の味方になるかもしれない。

きちんと手入れをしていけば、女性としての魅力や武器になるとわかれば、不思議と愛着も湧いてきた。

これなら年を取るのも悪くないと思えて、かえって楽しみだ。

身近に石垣という、いっさい手抜きしなかっただろう小奇麗な女性がいるので、それこそ四十代、五十代にも夢や希望が湧いてくる。

年輪を重ねた自分の顔を作るのは、本人の生き様だ。若さだけで輝ける時代とは明らかに違う。そして、こんなポジティブな思考こそが、普段の笑顔にも磨《みが》きをかけてくれた。

気の持ちようは、いろんな面で重要だ。

「いらっしゃいませ」

杏奈は十番テーブルにつくと、まずは挨拶《あいさつ》をした。

「やあ、杏奈。実は、今夜はね――」

「あれ？　君は確か、銀座桜屋の」

「杏奈！　何でお前、こんなところにいるんだよ!!」

「えっ!?」

そこにいたのは、比嘉と稲垣だった。

「いったい何があった。金か？　男か？　トラブルか？　お前、見た目はケバイかもしれないけど、自分からキャバ嬢なんてするような女じゃないだろう」

「――っ」

席を立った稲垣に怒鳴られ、杏奈は驚いて言葉が出てこなかった。

突然頭ごなしに叱責されて、腹立たしいより何より驚きが勝つ。

ただ、それは悪い意味ではない。杏奈にとってはいい意味での驚きであり、衝撃だ。

「まあ、落ち着けって。暁紀」

憤《いきどお》る稲垣の腕を、比嘉が掴んで座らせる。

「そうだよ。ここは酔っ払い相手の下品なキャバクラじゃないから。僕なんか、けっこう夫婦で飲みに来るし、同じような常連客も多い。女性同士のグループ客も多いし、そう目くじら立てないで」

比嘉の前に座っていた永沢も、一緒になって稲垣を宥《なだ》める。

「それに、杏奈は見た目こそナンバーワンホステスの風格だけど、ホステスって性分じゃないことは、マスターを始めみんな知ってるよ。稲垣くんみたいにね」

「――」

ここまで言われて、さすがに稲垣も黙った。

「さ、杏奈も座って。とりあえず乾杯しよう」

一瞬どうしたものかと思ったが、杏奈は永沢に勧められるまま席につく。稲垣の正面に腰掛け、改めて「いらっしゃいませ」と挨拶をした。

まさかこの組み合わせでグラスを交わす日が来るとは思わなかったが、よくよく考えれば特におかしくはない。

「――そう。高校時代の同級生だったんだ。偶然とはいえ、繋《つな》がるときには繋がるもんだね」

だが、杏奈と稲垣の関係には、永沢も驚いていた。

この場の話題は、この人間関係と銀座桜屋とのコラボ企画だ。

「あ、ちなみに僕は今回のコラボ企画責任者の嶋崎と大学からの友人なんだ。比嘉社長は桜屋の専務と旧友だって言うし、こういうのも縁なんだろうね」

この関係図の軸になっていながら、一番コラボ企画からは遠い位置にいる永沢は、悠長な構えだ。

それに反して、稲垣はピリピリしている。

「そこまで重なったら、縁というよりは因縁としか思えませんけどね」

「暁紀」

稲垣が煙草を手にぼやくと、そのたびに比嘉が注意をする。

それでも永沢はマイペースだ。彼の笑顔が崩れることはない。

「いいんですよ。そう言いたくなる気持ちもわかりますから——。あ、ありがとう。杏奈」

杏奈は、各自の水割りの残り具合や灰皿に、常に気を配っていた。

この場で煙草を手にするのは稲垣だけだが、彼は杏奈が火をつけるのを頑として拒んだ。

本当なら接客そのものを拒みたいという気持ちも伝わってくる。

なので、水割りさえ手酌でけっこうという稲垣に対しては、灰皿のみに気を配った。

「——それで、肝心なコラボ企画のほうはどうなんです？　桜屋の牙城《がじょう》に新風を吹き込めそうですか？」

「そこはこいつに任せてるよ。結果は後からついてくるものだが、お互い〝これまでにはなかったもの〟が得られると踏んでいる。銀座桜屋にとっては、今どきのセンスと客層が。そして我々〝Real Quality〟には歴史と伝統の重みやその意味が」

永沢と比嘉の会話が、コラボ企画に流れていった。

「若い暁紀には、またとないチャンスだし、これを機会にうちの客層が広がってくれたら、言うことなしかな」

「欲はかきすぎない方がいいと思いますけど」

話をふられた稲垣が、手にした煙草の灰を灰皿に落とした。

その後は口元には運ばず、利《き》き手は灰皿の上に翳《かざ》されたままだ。

「足を運ぶたびに店内を見て回ってますけど、あそことうちじゃ、何もかもが違いすぎる。本当に対照的というか、今回のコラボ企画が成功したとしても、うちの客が向こうに流れる可能性はそうとう低い気がしますよ」

稲垣は、自分の目で確かめた銀座桜屋の感想を口にした。

話を聞く限り、彼は館内すべてを見て回ったようだ。

「本気で客の年齢層を引き下げたいと思うなら、装飾系じゃなくて食品売り場やレストランから攻めるべきです。趣味嗜好がはっきりでるアクセよりも極上のスイーツのほうが、絶対に客層を選ばない。ついでに言うなら年齢幅も一番広い」

身もふたもない意見を放った。稲垣は伸びた灰を落としてから、残りの煙草を咥《くわ》えた。

しかし、永沢の笑顔は崩れない。歯に衣を着せない稲垣の話を、嬉しそうに聞いている。

「それはすべて承知の上だと思うよ。銀座桜屋の経営陣の中核は、現在の〝ジュエリー・SAKURA〟に引き継がれている旧〝桜川宝石店〟の陣営だ。今回のコラボ企画には、客層を広げるのと同時に、内部改革の意味があるんじゃないかな?」

永沢は、時折手にした水割りで喉《のど》を潤《うるお》しつつ、稲垣に話し続ける。

「――余計な期待や責任まで負わされるのは本意じゃないですね」

「それは嶋崎が負うよ」

「!?」

杏奈は聞くことに徹していた。

永沢の言葉を介して、嶋崎の心情をもっと知るためだ。

「今回の企画は、部外者の僕にだって桜川専務の心証が悪くなったことがわかる内容だ。決まったからには失敗できないっていうプレッシャーはそうとうなものだろうし、実際責任も大きいだろう。だが、その覚悟がなければ、そもそも企画してないよ、彼は。だから君は、自分の仕事に専念すればいいと思う」

これは永沢個人の感想だろうが、言われてみたらそれもそうだという話だった。

杏奈の視線が、この場にはいない嶋崎を気にかける永沢に注がれる。

「――ただ、嶋崎ほどの男なら、定年まで波風立てずに穏便に生きていく知恵や手腕があるはずだ。それなのに、どうして険しい道を選んだのか、敵にしなくていい人間を敵にしたのかがわからない」

これはこれで本心なのだろう。永沢が誰にともなくぼやいた。

それを聞いた比嘉が、グラスを傾けてふっと微笑む。

「――けど、彼がそんな人物なら、君だってわざわざ私には紹介しない。それこそ、失敗したら目も当てられないような企画の橋渡しなんてしないだろう。そうでなくても、すでに君と私は仕事で繋《つな》がっている。それもお互いが経営者同士だ。リスクを伴うような話は安易にふらない。仮にふるとしたら、引き替えに大きな成果を見込めるときだ。仕事上か、もしくは人間関係か。今回の場合は、両方ありそうだけどね」

こう言われたら、嶋崎の友としては悪い気はしないだろう。グラスを手に、永沢も笑い返す。

「仕事の結果は、僕にはわかりかねますけどね――。けど、嶋崎は縁ができて損になる男ではない。特に僕達のようなタイプは持ち合わせない魅力や能力を持った男なんで、自信を持って紹介したのは確かです」

「男が惚れる男ってところかな。何にしても、いい高揚感だ。なあ、暁紀もそう思うだろう」

比嘉から稲垣に話が戻された。

稲垣は一瞬咽《むせ》そうになり、煙草を灰皿に押し付けた。グラスを掴んで、ツーフィンガーほど注がれていたロックに口をつける。

「あんまり話の枝葉を伸ばさないでくださいよ、社長。俺は俺にできる仕事しかしませんよ」

「それで十分だよ。恋も仕事も結果はあとからついてくるものだ。ね、杏奈くん」

「――」

よもや、最後の最後に話が回ってくるとは。

どう返していいのかわからない。言葉に詰まり、杏奈は肯定も否定もできなかった。

そして、そんな杏奈に、比嘉も無理には答えを求めなかった。一度杏奈に向けた視線を稲垣に戻して、空いた利《き》き手で隣り合った肩をポンと叩く。

「お前もそろそろ三十だ。自分の男っぷりは仕事で示せ。そして、永沢社長が自信を持って嶋崎くんを紹介してきたように、私も自信を持ってお前を今回の企画に送り出した。そのことだけは忘れないでくれよ」

自信もさることながら、稲垣への期待が伺える。

「はい――」

そのことは、稲垣自身も十分承知しているようだ。力の入った声を返した。

（コラボ企画か――）

杏奈はそれを見ているだけで、自分も高揚を覚えた。

銀座桜屋の百周年祭は、十月一日スタートだ。間近でこの企画を見たい、行方が知りたい。それを現実のものにするには、派遣仕事を継続するしかない。

たとえ半年間でも、今のまま銀座桜屋に――


それから一時間ほどして、会計を終えた永沢達は席を立った。

三人を店の外まで送ろうとした杏奈に、出入り口を出たところで稲垣が肩を並べてきた。

「すっかり話が流れたけど、俺は納得してないからな」

「なんのこと？」

「お前がここに居ること」

比嘉と永沢は、マスターと雑談中だ。廊下で杏奈と稲垣が立ち話をしていても、気にする様子はない。

「どんな事情で勤めていようが、我慢ができない。店の質や客層も関係ない。俺は、お前のこういう姿は見たくない。酔っ払い男相手に、へらへら笑って機嫌とって――」

「なっ。へらへらって、どういう――っ!!」

二人きりだったこともあり、杏奈はあからさまにムッとして見せた。

しかし、突然肩を掴まれて、壁にドンと背中を押し付けられる。

まるで学生時代のように、彼の両腕の中に閉じ込められて息を呑んだ。真っ直ぐに見つめてくる稲垣に、特別な好意がなくても鼓動が激しくなる。

杏奈はそれを紛らすように、艶《つや》やかな唇をキュッと噛んだ。

「嘘だよ。そもそも俺がこういう言いかたしかできないから、別れる羽目になったんだ。お前を怒らせて、傷つけて――それはわかってる」

昔とは明らかに違う、警戒心の塊《かたまり》のような目で睨んだ杏奈に、稲垣が両腕を下ろした。

一瞬の束縛を解かれて、杏奈はホッとするも緊張は抜けない。

「俺は、お前が誰に対しても分け隔てないのが嫌だった。俺だけでなく、皆に気を遣って、一生懸命なのが腹立たしかった」

稲垣は、行き場を失くした両手をジャケットのポケットへ突っ込み、それきり杏奈に手を伸ばしてはこなかった。

「それまで、嫉妬《しっと》深くて独占欲の強い女としか付き合ったことがなかったから、最初は執着されなくて楽だった。ベタベタしないし、甘えないし、俺に勝手な理想も抱かない。周りともうまくやってるし、こういう女もいるんだなって――」

当時は聞いたことのなかった、稲垣の本音。

「けど、あまりにお前の態度があっさりしてるというか、何ヵ月たっても変わらないから、逆に不安になってきた。俺はお前にとって特別じゃないのかもしれないって、疑心暗鬼に陥《おちい》って。それを払拭したい気持ちから力ずくで――、最低だった」

今にして思えば、お互い幼すぎたのだろう。

ときが経てば考えかたも変わるし、新たな気づきもある。

「たとえ許してくれなくても、一度はちゃんと謝りたいって思ってた。当時の俺はガキすぎた。お前と付き合うには未熟すぎた。ごめん、悪かった、って」

「稲垣」

杏奈に当時のしこりが残っていたように、稲垣にもしこりが残っていた。再会を機に、彼はそれを解消したくて、杏奈と連絡を取りたがったのだろう。

しかし、杏奈が「もういいよ。お互い様だよ」と返そうとしたそのとき――

「暁紀、帰るぞ」

店の中から話を終えた比嘉と永沢が出てきた。

比嘉は稲垣に声をかけて、先に一人でエレベーターフロアへ向かう。

「あとは、社長に釘を刺されたことだし。仕事で示すよ」

「え？」

「今の俺の姿と、今の俺に改めて芽生えているお前への気持ちは、仕事で示す。まずは社長の信頼に応えることが先になるだろうけどさ」

稲垣は満面の笑みで「じゃあ」と手を振り、比嘉のあとを追った。

「ちょっ！　待ってよ、稲垣。そんなこと言われたって、私にはもう彼が――稲垣っ!!」

杏奈は慌てて追いかけたが、タイミングよく来たエレベーターに乗り込み、比嘉と稲垣は去ってしまった。

「冗談じゃないわよ。他人の話なんか聞きやしない。何が今の俺よ。昔となんにも変わってないじゃない」

杏奈は感情のまま、声に出して愚痴《ぐち》った。

背後でクスクスと響く笑いに気づくまで、まだこの場に永沢が残っていることさえ、頭から飛んでいた。

「――ってことは、彼は昔から杏奈のことを理解してたのかな？　一見すると派手で八方美人に見られがちな杏奈だけど、実はそうじゃない。真面目で気遣いの人で、間違っても自らキャバ嬢なんてできるタイプじゃないって」

「永沢さん」

「杏奈贔屓《びいき》の一人としては、聞いていて悪い気はしなかったよ。それこそこの艶姿《あですがた》を見て〝ベビースモーカーに見える〞とかって笑うような男よりは、好感度が高いかもしれないね」

どこまで話を聞いたのか、それともこれまでのやり取りから想像したのか。

永沢は、杏奈と嶋崎が付き合っていることを知っていながら、わざと言ってくる。

「まあ、あいつは隠れ喫煙者だから、同胞やそれらしき人間を見つけて喜んだだけだと思うけど。でも、あの夜に稲垣くんがここへ来て、さっきと同じ態度で接してきたら、気持ちは向こうに流れていたかもね。それぐらい杏奈にとっては、喜ばしい言葉だったんじゃない？　見た目で下される世間の評価と、中身のギャップに振り回されてきた杏奈としては――」

「そうですね。以前の私ならそう思ったし、博信さんが初めて店に来た日なら、そう感じたかもしれません。でも、今は――振り回された自分にも問題はあったなって思います。誤解を解く努力を精いっぱいしたかって聞かれたら、そうとは言えないし。当時の私に、店まで和解に来てくれた博信さんほどの根性があったら、また結果も違ってたかなって」

杏奈は照れくさくなって笑った。

そんな、杏奈の吹っ切れた表情を見て、永沢は嬉しそうに言った。

「そうか。ならよかった。安心したよ。嶋崎が迷惑をかけてなくて。あいつも一度スイッチが入ると、闘牛みたいな奴だからさ――と」

話の途中で、永沢のスマートフォンが鳴った。

「噂をすれば影だ。悪口が聞こえたかかな」

嶋崎からのメールだったらしい。

あまりのタイミングのよさに、永沢は肩をすぼめていた。

杏奈はただただ可笑《おか》しくて、幸せな気分だった。

9

予想もしていなかった比嘉と稲垣の来店。杏奈はバイトが終わるとその日のうちに、嶋崎に電話で報告した。

先に永沢が〝杏奈と稲垣の事情を知らずに比嘉共々同伴してしまった〟ことをメールで報告していたらしく、状況の説明はスムーズに行われた。

嶋崎は、杏奈が吹っ切れたと声を弾ませたことから、〝それはよかった〟と喜んでくれた。

『これで稲垣が来社するたびに、ドキドキしなくてすむ』

――と、冗談めいたことも言って。

「え？　博信さん、ドキドキしてたんですか!?」

杏奈はそれを聞いて驚いた。

『そりゃ俺だって、ドキドキぐらいするよ。俺が稲垣の立場で現在一人身だったら、これは運命の再会か!?　とか思うし。これから大仕事だっていう緊張があればあるほど、これも神の導きか？恋も仕事も今が勝負ってお告げかって、勝手に盛り上がるだろうからな。実際俺も一人で盛り上がって、杏奈を口説《くど》きまくったし』

これまで嶋崎の口調から、稲垣に対して嫉妬《しっと》の類《たぐい》は感じなかった。

だが、今「正直不安はあった」と打ち明けられたのだ。

「――博信さん」

それでもこの一週間、嶋崎は、偶然元彼と再会してしまった杏奈の気持ちを優先してくれた。

どこからともなく湧き起こる動揺や不安を真摯《しんし》に受け止め、そして対応してくれた。

(やっぱり彼は大人だ)

決して感情のままに行動しないし、発言もしない。

『なんにしても、すっきりしてよかったな』

「ええ」

その後は他愛のない話で盛り上がった。

『あ、今週末は空いてる？　空いてたら、どこか行かないか？』

「はい。喜んで。でも、疲れませんか？」

『俺は平気だけど、君はどうなの？』

「私も平気です」

『なら、決まりってことで』

「――はい」

お互い週末までに行きたい場所を考えておこうと約束し、今夜のラブコールは終わった。「お休みなさい」と「愛してる」の言葉は、いつの間にかセットになっていた。

＊＊＊

稲垣が試作の第一弾を製作し、持参したのは九月初週の金曜のことだった。

部屋の一角に置かれていた可動式の衝立《ついたて》は、前回の訪問時から退けられていた。

これは単身で銀座桜屋を訪れることになった稲垣に対し、企画室全体で彼を迎え入れたいという嶋崎の意向だ。

そのため席についている杏奈や平塚達からも、打ち合わせの様子を窺《うかが》うことができた。

話が始まると、意識がそこに向いてしまう。

「どうでしょうか」

稲垣が、嶋崎と石垣に問いかける。

銀座桜屋と〝Real Quality〟のコラボ企画とはいえ、オーダーサイドは銀座桜屋。モチーフは必然的に〝桜〟での依頼となっていた。稲垣は二度目の訪問でリングとピアスとネックレスのデザイン画を数点用意し、嶋崎と石垣が選考していた。

そして三度目の本日は、そのデザインから製作した現品見本の確認だ。ここで認められれば、そのままコラボシリーズ第一弾として限定生産という流れになるらしい。

しかし、できあがった試作品を目にした嶋崎と石垣は、いつになく渋い顔をしていた。それが気になり、杏奈の手が止まる。

「第一印象をストレートに伝えてもいいかな」

口を開いたのは、嶋崎だった。

「はい」

「多分これが君の個性だとは思うんだけど、デザイン画より、けっこうワイルドな感じがするんだよね。もう少しエレガントかつ繊細な、もしくは可憐な仕上がりにならないかな？　全体的に厚みがあってずっしりと重いから、それを薄く軽く」

嶋崎は、見本のリングを手にして、土台の厚みを指摘していた。

石垣は何も言わずに相づちだけをうっている。

すると、嶋崎の対面に腰をかけていた稲垣が、身を乗り出した。

「それだと、根本のデザインから変えないと、バランスが悪くなります」

「それは君の中のバランスってことだろう」

「――え？」

「だから、同じデザインでもこの作りになるのが君の個性であり、君の中のバランス感。けど、俺はそのバランスにこだわらなくても、このデザインは十分生きると思う。だから、こちらの意見を取り入れて、同じデザインでも少し印象を変えてみてほしいんだ」

杏奈達はあえて視線を向けずに、息を呑む。

明らかに空気が悪くなっているのは、同じ部屋にいれば嫌でもわかった。特に稲垣の機嫌が悪くなっていることは明白だ。フッと漏れた失笑からは、彼の怒るに怒れないという心情が伝わってくる。

「でも、それって俺のデザインじゃなくなりますけど」

「今回に限っては、そういう仕事だと割り切ってもらえるとありがたいかな。今のこれだと、桜がモチーフっていうだけで、〝Real Quality〟の新作だ。言いかたが雑だけど、まだこちらに歩み寄れてないんだよ」

嶋崎の口調は淡々としていた。

「——それって、俺に〝ジュエリー・ＳＡＫＵＲＡ〟として売れるような作品を考えて作れってことですか？　そしたらここのデザイナーに〝Real Quality〟っぽいものを作らせた方が、早いんじゃないですか？」

「それじゃあ、コラボ企画の意味がないだろう」

「その言葉、そっくりお返しします。俺が俺らしくないものを作ったら、もうそれは俺のものでもなければ、〝Real Quality〟のものでもない」

さすがに限界がきたのか、稲垣のほうが声のトーンが上がった。

杏奈はビクリと肩を震わせた。見れば平塚など、額《ひたい》に手をあてて天を仰いでいる。

「嶋崎さんは〝バランスにこだわらなくても〟って言いますけど、ブランドの個性や主張って、作り手の持つバランス感覚そのものですよ。同じ柄でバランスを変えるっていうのは、ただの類似品になりかねない」

「それは君のデザインを他人のバランスで作ったら、そうなるだろうね。けど、俺がお願いしているのは、あくまで君に、だ。君自身が〝新たな印象〟〝新たなバランス〟〝新たな作風〟だと納得できるものを、ここで作ってほしいと言っている」

嶋崎の声にも口調にも、感情的なところはない。むしろここからどう稲垣を説得しようか、理解を得ようか、様子を窺《うかが》いながら話を進めているようだ。

「それと、勘違いしてほしくないのは、俺はこのデザインが好きなんだ。前回見せてもらった何種類かの中で一番気に入っているし、君自身がモチーフとしての桜をそうとう調べて製作に臨んでくれているのもよく伝わってくる」

嶋崎は、手にしたリングと稲垣の顔を交互に見ながら、自分の思いを語り続ける。

まずは自分が稲垣というデザイナーの方向性を理解していること、作品に対して好意があることをはっきりと口にした上で、考えを伝えていく。

「本来の桜は種類も多い。花の形も違えば、全体で見たときの姿も違う。そういうところまで、きちんと調べ尽くして、君が〝御車返し《みくるま》〟を選んだんだと思っている」

杏奈や平塚達は、手元にあった資料に改めて目を向ける。

普段、あまり聞くことのない〝御車返し〟という言葉を、パソコンで検索もした。

（昔、この桜の前を通りかかった貴人が、あまりの美しさに牛車を引き返してまで見直したことから名づけられた〝御車返し〟か。一本の木に、一重《ひとえ》と八重《やえ》の花が同時に咲く桜があったなんて、初めて知ったわ）

桜の種類は想像以上に多く、その点にもかなり驚いた。

一般的によく目にするのはソメイヨシノや八重桜《やえざくら》だが、原種から改良種まで合わせたら、数百種類はあるだろうとされていることには、ただただ唖然だ。

杏奈は改めて、応援ゾーンから響く嶋崎の話に耳を傾けた。

「〝ジュエリー・SAKURA〟のモチーフは、桜の原種のひとつでもある一重《ひとえ》咲きの江戸彼岸《えどひがん》だ。そして、君が二期前に発表したシリーズのモチーフとして使ったのが、八重咲きの最新種の舞姫だ。御車返しは意図してうちとの間を取ったものだと想像もつく。だからこそ、仕上がりのバランス感覚も、間を取ったぐらいの厚みや重さにならないかと言ってるんだ」

屋号にもなっていることから、〝桜〟にまつわる歴史や伝統は、イコールこの銀座桜屋や〝桜川宝石店〟の社歴にも深くかかわっている。

稲垣もこのコラボ企画のために、かなり下調べをして題材を選んだのだろう。

その点を、嶋崎や石垣は理解している。

だが、だからこそ、今一歩こちらへ寄ってほしいというのが嶋崎の主張だ。

「我々は今回の企画から、新たな層の集客ができればと思っている。だから最初のパートナーに〝Real Quality〟を選んだ。だが、それだけで満足かと言われたら、そうじゃない。銀座桜屋本来の客層にも、新しい商品を認めて受け入れてほしい。これまでにないタイプのデザインや価格も受け入れてほしいと願っている」

シンとした室内に、嶋崎の熱い思いだけが響く。

「そして君自身にも、今回の企画を土台に新たな客層の確保を目論《もくろ》んでほしいし、貪欲《どんよく》になってほしい。もともと対極にあるとわかりきっているブランド同士のコラボだ。相乗効果でお互いにメリットが生まれなければ、この企画は失敗だ」

「——」

話し終えたところで、わずかな間ができた。

この先稲垣は何と答えるのだろうか、杏奈達の意識は応接ゾーンに釘づけだ。

「わかりました。この件は一度自社へ持ち帰り、上と相談させていただきます」

稲垣が下したのは〝保留〟という結論だった。

それだけ難しい問題に直面しているということだろう。

「ただ、最善の努力はしますが、俺にも歩み寄りと妥協の線引きはあります。場合によっては担当デザイナーが変更になるかもしれません」

「稲垣さん！」

ここで初めて石垣が声を上げた。彼女は、そんなこと承服しかねるのだろう。

しかし、そんな石垣に対して、稲垣は笑った。

「こう言うと自分自身も痛いですけど、〝Real Quality〟の装飾部門のデザイナーは俺だけではありません。そのようなコンセプトであれば、もっと得意で上手い人間がいますからね」

決して負け惜しみではない。これはこれで稲垣本人の、また〝Real Quality〟に所属するデザイナーとしての意見のようだ。

「では、本日はこれで」

簡潔に告げると、稲垣は持参した品々を片付けて席を立った。

「稲垣さん！」

一礼ののちに部屋を出ていく稲垣のあとを、石垣が追う。

その途中、食い入るように様子を見ていた杏奈に気づいた。

「百目鬼さん！　悪いけど、彼を表まで送って。できたらフォローもお願い」

「――っ、はい！」

切羽詰まった言葉に、杏奈も慌てて席を立ち上がる。

「その必要はない」

「必要です！」

杏奈を止めた嶋崎に、石垣が容赦のない怒声をぶつける。

「確かに今回の企画で我が社がほしいのは、〝Real Quality〟のブランド名とその顧客です。でも、今現在〝Real Quality〟の装飾部門で、一番集客できるのは彼、稲垣暁紀です。彼が作るからこそ、うちも古い体質から目に見える形で脱皮できるし、コラボそのものにもインパクトがあるんです。比嘉社長だって、それをわかっているから、あえてうちの桜川とは対極の彼を薦めてきたんですよ」

石垣の言葉を真っ向から受けた嶋崎が息を呑む。

彼女が企画室内で、それも部下達の前で、室長である嶋崎にここまで意見するのは初めてのことだ。

　しかし、嶋崎にひるむ様子はない。

「それは、わかっているよ。でも、だからここは彼自身の判断に任せるしかないんだ。俺は彼の努力もセンスも認めて受け入れた上で、こっちの要望も聞いてほしいと頼んだ。彼も努力すると言った。その上で出される結果なら、どうしようもないだろう。だから、百目鬼に個人的なフォローは必要ないと言ったんだ」

「それはそれ、これはこれです。私達はただの企画室じゃないんです。企画営業室なんですよ、営業室。利益を上げるためには、使えるものは何でも使うのが鉄則です。そこ、忘れてませんか!?」

「――っ」

　今日の石垣には遠慮がなかった。攻めるときは、相手が誰であっても攻めるところが彼女らしい。

　これには嶋崎も黙ってしまう。

　それを見ていた平塚達も、身を寄せ合ってコソコソし始める。

　すると、こんなときに限って三富が部屋に入ってきた。

「きゃっ。石垣チーフと嶋崎室長がバトルなんて珍しいですね」

「うわっ！　今は何もしゃべるな、三富」

「えー。どうしてですか？　平塚さん。ここは杏奈さんにアッキー様を追いかけてもらうところでしょう。高校時代の同級生って、本当は元彼ですよね？　だって最近杏奈さんってば、明らかに恋する乙女だし。ここで彼を捕まえて、再会復縁のパターンが王道じゃないですか！　いやん、ロマンチック」

今日も三富は絶好調だった。

「三富さんっっっ！」

「お前っ！　これ以上、余計なことを言うな!!」

彼女が本気で喜び、はしゃいでいるのがわかるだけに、石垣と平塚が声を荒らげた。

「なんでもいいから、売り場に戻りたまえ」

怒鳴るまではしないが、嶋崎の口調は厳しい。かなり苛立っているのが、誰の目にも明らかだ。

が、三富は全く動じない。

「では、嶋崎室長も一緒にお願いします。実は呼びに来たんですよ。いつものクレーマー奥様が、〝ちょっと上の人呼んで来て〟って言うもので」

一瞬にして、この場の不穏な空気がリセットされた。

「っ――それを先に言え！　あとは頼んだよ、石垣さん」

「はいっ。行ってらっしゃい」

嶋崎は襟元のネクタイを締め直し、三富を連れて取るものもとりあえず部屋を出ていってしまった。

杏奈は嶋崎の後ろ姿を目で追うのが精いっぱいだった。

平塚や石垣達は、深いため息を吐いて顔を見合わせている。

「それで、石垣さん。いつものクレーマー奥様って？」

「多分、藤木様でしょう。我が社の大株主だし、先代の大奥様時代からのお得意様だけど、最近何かと不満をぶつけてくるのよね。ほら、この前の落雷の日も、確か謝罪だか釈明だかをしに嶋崎室長が自宅まで伺っていたじゃない。大した理由でもないのに」

「――ああ。そう言えばそうでした」

石垣の視線が、平塚から杏奈に向けられた。

「それより百目鬼さん。室長はああ言ったけど……」

「行ってきます。どこまでフォローできるかわかりませんけど」

今は、コラボ企画を成功に導くことが最優先だ。嶋崎のことは気になるが、杏奈は稲垣のあとを追った。


杏奈は部屋をでると、稲垣を探した。

稲垣はエレベーターフロアで足止めされていた。待ちきれなかったのか、フロア脇にある階段を下りて行こうとしている。

「稲垣！　ちょっと待ってよ、稲垣」

「追いかけて来るなよ、仕事でなんか。プライベートなら歓迎だけど、ここでお前に上司のフォローとかされたくねぇよ」

「違うわよ。そういうんじゃないわよ」

杏奈が稲垣の腕を捉えたのは、企画営業室の一階下の踊り場だった。

ここはバックヤードの階段で、営業時間の今は、ほとんど利用者がない。

「なら何なんだよ」

「作り直しは大変だろうけど、頑張ってねって言いに来ただけ。稲垣の努力がいい結果に結びつくといいねって、そう言いに来ただけよ」

人目のない安心感から、杏奈は思ったままを口にした。

「銀座桜屋のためにか。いや、もしかしたら嶋崎さん個人のためか？」

「あんたを含めた、この企画の関係者全員のためよ。私はこんなときに、誰かの肩を持つなんてことしないわよ」

「はんっ。そんなだから誤解されるんだよ」

「なんですって⁉」

「こういうときは、嘘でも〝そうよ。大好きな嶋崎室長の仕事のためよ〟って言わないと、嫉妬《しっと》されて、浮気を疑われて、また同じ轍《てつ》を踏むぞって言ってるんだ」

「ご心配なく！　嶋崎さんは大人よ。そんな人じゃないわ」

「やっぱり付き合ってたのかよ」

「え⁉」

「かまをかけただけだよ。前も今日も、俺達のやり取りを冷や冷やした顔で見てたから、なんかあやしいなと思って。それで言ってみただけだ」

冷静さを欠いていたように見えても、この辺りは稲垣のほうが一枚上手だ。

「――」

「黙るなよ。別に、三十前の女に恋人の一人や二人いたところで、不思議のない話だ。職場恋愛してたって、普通だろ」

稲垣の腕を離して、杏奈はその場で身を翻《ひるがえ》した。

すると今度は、杏奈のほうが腕を掴まれて引き留められる。

「どこへ行くんだよ」

「これ以上話がややこしくなったら、責任取れないから戻るのよ。私はこの件にはかかわらないほうがいい――。そうでしょう」

杏奈は、稲垣の手を振りほどいた。

「そこまで気持ちの小さい男じゃねぇよ。馬鹿にしてるのか」

言いかたが悪かったのか、稲垣がさらに憤慨した。

だが、杏奈はあえて何も言わずに頭を下げた。

しかし、稲垣には、この態度のほうがショックだったらしい。明らかに我慢している杏奈を見て、一呼吸ついた。

「――ごめん。言いすぎた。この前反省したばっかりなのに、これだから俺は」

「稲垣」

「けど、だからって、俺自身の作風とは別の話だからな。うちの社長にも言った通り、俺は俺にできる仕事しかしない。譲歩も努力もするが、一切の妥協はしないから」

謝罪はするも、プイと顔を背けた。

そして、稲垣はその足で、踊り場からまた下り始めた。

「わかってるわよ。だから、頑張ってねとしか言わないし、言えないし――」

そのまま放っておけずにあとを追った杏奈を無視して、稲垣は店内へ向かった。

バックヤードから売り場へ入る扉を開くと、そこは打って変わって煌《きら》びやかな世界だ。

銀座桜屋の、そして桜川専務の本丸ともいえる〝ジュエリー・SAKURA〟の売り場がメインの階だけに、フロアに漂う空気も違う。

最近杏奈が経験した紳士服売り場のある階より、さらに数段上の高級感がある。

それにもかかわらず、堂々とフロアへ入った稲垣が浮かないのは、彼自身に特別な輝きがあるからだろう。派手なファッションも、本人のルックスレベルが高いために、決して安っぽくは見えない。

（稲垣――）

杏奈はこの場で浮くことのない稲垣を見て、「真逆」「対極」と言いながら、嶋崎がコラボパートナーに〝Real Quality〟を選んだ理由がわかった気がした。

社長の比嘉にしても稲垣にしても、場に呑まれない外見や所作を持っているのだ。

作品が描く世界観は違えど、最高の品質を追求し続ける姿勢や、そのために必要とされる人間性に対して、二社は同じ価値観を持っている。

これは目に見えない部分であり、だからこそ重要なのだと思えた。

「嶋崎さん？」

杏奈の一歩前を歩く稲垣が、突然足を止めた。

「え？」

見れば、先ほど三富に同行した嶋崎が、威厳《いげん》のある老婦人の接客に当たっていた。老婦人は、後ろ姿しか見ることができないが、その立ち姿から、かなり苛立っている様子が見てとれる。

嶋崎の背後には、売り場担当チーフの女性もいる。

（博信さん）

仕事とはいえ、会話の端々で頭を下げている嶋崎を見ると、杏奈は胸が痛くなった。

彼の潔《いさぎよ》さは理解していたつもりだが、それでもこんな姿を目の当たりにするのは辛く切ない。

「大変だな、中間管理職は。あっちでペコペコ、こっちでペコペコ」

ため息まじりに、稲垣が言った。

彼が発した「中間管理職」という言葉の中に、嘲弄の響きは感じなかった。たんに「俺には理解できない勤め人の心理だ」という意味に聞こえた。

それを耳にしたのだろう、フロアを巡回していた桜川専務が声をかけてきた。

「〝Real Quality〟とのコラボ企画なんて実行したら、もっと頭を下げるようになるだろうよ。この銀座桜屋に、まがい物を置くなんてどうかしてる、信じられない、とクレームが多発することになる」

突然のことに杏奈は驚き、稲垣は見るからに憤慨した。

「――まがい物って。どういう意味ですか」

「どうもこうもない。言葉のままだ。ジュエリーを本物と見る客にとって、アクセサリーは偽物だ。どんなにブランド名を挙げたところで、そこに価値は感じないということさ」

稲垣に対して、失礼極まりない発言だ。

だが、桜川専務は微笑さえ浮かべてさらに続けた。

「そもそも我々に、薄利多売は論外だ。嶋崎にしても比嘉や君にしても、この店の客を舐めている。〝ジュエリー・SAKURA〟を、〝桜川宝石店〟の歴史と伝統を、簡単に考えすぎだよ」

「――そっちこそ、なに舐めたこと言ってんだ」

「稲垣！」

杏奈はとっさに稲垣を止めたが、間違っているのは桜川専務だ。喧嘩を売っているとしか思えない。

「何が論外だ。仮にそうなら、ここの客に物を見る目がないだけだ。それこそ老舗《しにせ》の肩書きに踊らされて、本物を見る目が養われてない。それどころか、本来持っていたかもしれない目が損なわれてんだろう」

自分だけならまだしも、自社ブランドそのものを見下され、稲垣も我慢ができなかったのだろう。売られた喧嘩は買うぞという態度だ。

「そもそも素材に金をかければ、高価なものができるのは当然だ。それだって、下手な職人の手にかかったら、二束三文《にそくさんもん》の価値にしかならない。ダッサイ、名前ばかりのジュエリーになるだけだ。

うちとは違う」

それでも稲垣は、ただ文句だけを返しているわけではなかった。

発した言葉の中には、強い信念とポリシーがこもっていた。

「〝Real Quality〟が追求しているのは、どこまでも作り手の発想と技術力だ。一の素材で十の価値を生むのが、俺達が目指す〝本物品質〟だ。素材の良さと、自分が作ったわけでもない歴史と伝統にしか頼れない専務さん達と一緒にしないでほしい」

どれほど今の仕事にプライドを持ち、また比嘉や〝Real Quality〟に対する信頼や誇りがあるのかが伝わってくる。

それは杏奈だけではなく、桜川専務も同じはずだ。

「ほう。若造がよく言った」

「無駄に年だけくって、センスが腐るよりは、若いほうがいい」

しかし、ここまで話が進むと、どうこうなるものではない。火花を散らし合う二人をどうしたものかと、杏奈は辺りを見回した。

（そうだ。博信さん！）

嶋崎は、すでに接客を終えていたらしく、桜川常務と立ち話をしていた。

縋《すが》るような杏奈の視線に気づくと同時に、二人は桜川専務と稲垣にも目を留めた。

さすがにこの組み合わせに、いい想像はできなかったのだろう。慌てて寄って来る。

「桜川専務」

二人の間に割って入ろうと、嶋崎が声をかけたときだ。

「――では、そこまで言うなら君の才能あふれるご自慢のアクセサリーとやらを、ここで売ってみてはどうかな」

「ここで？」

「もちろん君の客にではない。この銀座桜屋、〝ジュエリー・ＳＡＫＵＲＡ〟の常連客にだ」

「⁉」

突然の申し出に驚いたのは、稲垣だけではない。むしろ、顔色を変えたのは嶋崎や桜川常務のほうだった。

「桜川専務！　それは」

「それができないようでは、コラボ企画なんて実行したところで、一時しのぎだ。この銀座桜屋の宝飾部門が根本から変わるには、これまで〝ジュエリー・ＳＡＫＵＲＡ〟を贔屓《ひいき》にしてくださったお得意様の変化こそが、本当に必要なものだ。それができて初めて、革命といえる。そうだろう、嶋崎」

「――」

名指しにされた嶋崎は無言だ。

そばにいた桜川常務が、「しかし、それは」と口を挟もうとするが、桜川専務に制された。

「これまで我々を支えてくださったお客様が新しいものを求めるなら、私も心して時代の流れや変化を受け入れる。率先してコラボ企画にも協力するし、〝ジュエリー・ＳＡＫＵＲＡ〟でも、今の価格からゼロを一つ落とすためのシリーズ作りに参加しよう」

いつしか桜川専務の標的は、稲垣から嶋崎に変わっていた。

「決して悪くない条件だろう」

満面の笑みを浮かべる桜川専務に、嶋崎と桜川常務が唇を噛んだ。

「そうですね。いいんじゃないですか？　それで」

最後に言葉を発したのは、他社の社内トラブルに巻き込まれたとしか思えず、ただただ激怒していた稲垣だった。

＊　＊　＊

その日の夜のことだった。

杏奈は普段通り、サンドリヨンに出勤していた。

「ごめんね。このテーブルは私だけでいいわ。完全に仕事の延長になってるから」

「――はい。わかりました」

あえて他の子の接客を断った八人掛けのテーブル席には、右奥から桜川常務と比嘉。左奥からは嶋崎と石垣と平塚。そして、一番通路側手前には、稲垣と杏奈が向き合っていた。

いったい誰が最初に「ここで落ち合おう」と言い出したのかはわからないが、緊急招集をかけてまで話し合われているのは、日中の件だ。ドレスアップして勤める杏奈を見て驚愕した石垣と平塚を余所《よそ》に、嶋崎と桜川常務、比嘉の三人は真剣だ。

あのあと桜川専務から、販売についての詳細が伝えられた。

来週末の敬老の日に絡んだ二連休に、〝Real Quality〟の装飾品数点を〝ジュエリー・SAKURA〟の店頭で限定販売する。そこで売れなかったら、今回のコラボ企画自体を見直す――つまり、売れなかった場合、コラボ企画はなくなる、ということだ。

「まんまとはめられたな――叔父貴には。そもそも桜屋の客には、段階を踏まなきゃ難しいとわかりきっているだろうに」

ことを起こしたのが血の繋《つな》がった身内だけに、桜川常務の落ち込みはそうとうなものだった。

行き場のないジレンマからか、今夜は酒が進んでいる。

しかし、それは桜川常務だけではない。

「本当だね。あいつも大人げないというか、意固地というか。文句があるなら私に言ってくればいいものを――。うちの秘蔵っ子をここぞとばかりに苛めてくれて。どうしてくれようか」

「申し訳ありません、比嘉社長。我々がそばにいながら」

同期の桜川常務はともかく、比嘉まで落ち込んでいて、嶋崎は頭を下げっぱなしだった。

二人が二人して、嶋崎以上に桜川専務と近い関係にあるために、どう振る舞えばいいのかわからないようだ。

そばで見ている杏奈にしても、水割りグラスに気を配るのが精いっぱいだ。

「いや、いいよ嶋崎くん。その場に誰がいても、こうなってるよ。あいつがそういう奴なのはわかってる。ああ見えて、あの男は寂しがり屋だからね。仲間はずれが嫌いなんだ。我々が裏でコソコソと企画を進行していたのが、気に入らないだけなんだよ」

「――はぁ。本当に、すみません」

比嘉が嶋崎を責めなかったことが唯一の救いだった。

それどころか比嘉は「それともあいつは、私個人に遺恨があったんだろうか？」と悩んでいた。

すると、意を決したように、平塚が挙手をした。

「あの――、すみません。いいですか」

彼はこの場では、杏奈を除き唯一の無役だ。社長だ常務だと肩書きがついた者達が肩を落としている中で、酒が飲めるほど肝が据わった人間ではない。完全に素面《しらふ》だ。

「いきなりの販売ですし、これって、いくら売れとかって話じゃないんですよね？　一点でも売れれば、お試し販売は成功ってことですよね？　そしたら、勝ったも同然じゃないんですか。いくら指定されたのがうちの顧客だとしても、二日あれば一点ぐらいは売れるでしょう」

しかし、この平塚の意見が、思わぬ地雷を踏むことになった。

水割りグラスを手に怒ったのは石垣だ。

「そう思うなら、皆で悩んでないわよ。というか、平塚。あなたこれまで、まともに店頭の様子を見たことがないの？」

「いや、その――え？」

「いい？　そもそもサマーフェアを終えたばかりのこの時期に、何十万から何百万もするような宝飾品を見に来るお客様が、どれだけいると思ってるの？　うちの常連客なら、バーゲン時期も知っているし、そもそもお知らせのハガキもないのに、ふらっと宝石を買いにくると思う？」

石垣は、銀座桜屋への愛と理解なら、桜川一族にも負けないと胸を張る女帝だ。

一瞬、気迫負けした男性陣が、平塚と一緒になって身構えた。

完全に目が据わっている石垣に、杏奈はただただ息を呑む。

「しかも、指定されたのは敬老の日に絡んだ二連休よ。おばあ様に何かプレゼントをしたいの――なんて、素敵なお客様がいたとして、一番売れるのは当日特価の目玉商品・ペンダントルーペよ。専務こだわりの純プラチナ・純金製チェーンに、ロマンアンティークな桜枠と高価な誕生石がちりばめられた永遠の乙女アイテム。究極のジュエリー、でも老眼鏡！　お値段は税抜一九万八千円から、オーダーメイドなら天井知らず。これを〝特売ラッキー〟で買いに来るお客様に、他ブランドを薦めるなんてできる？　それもヤングレディース向けの〝Real Quality〟のアクセよ。そんな無礼・失礼・無謀なんて、あの三富だってしないわよ」

どのあたりから酔いが回っていたのか、今夜の石垣は容赦がなかった。

「それに、そもそも来られたのがＶＩＰルームにご案内するようなお客様だったら、委託品を置く店頭での立ち話さえできないのよ。過去二十年の日報を見直したって、敬老の日に普段使いのアクセサリーを求めに来たお客様なんて、片手もいないのが現実よ。しかも、これって誰への追い風なのかしらね？　この二連休って仏滅に大安なのよ。仮に婚約指輪目当ての若いお嬢様が来店を考えていても、仏滅は避けるわよね。だったら来るのは敬老の日当日の大安のみ。ってことは、〝Real

Quality〟ターゲットの若年層の来店は、この日一日に限られるってこと。ただでさえ少ない販売チャンスが、さらに少なくなるのよ！」

これには嶋崎や桜川常務も絶句した。

比嘉でさえ「老舗《しにせ》高級店ゆえの落とし穴だな」と苦笑したほどだ。

平塚にいたっては、すでに泣きそうだ。

「で――残された確率で考えるなら、ぶらり程度でやってきた親子連れの娘さんが目に留めて、普段使い用として購入してくださるのがありそうなパターンよ。ただ、そのパターンで〝ジュエリー・SAKURA〟の常連客って言えるのかどうかが問題よ。専務がいうような常連客って、藤木様クラスでしょう？　宝石って言ったら、やっぱり国際基準の４Cを極めたダイヤモンドよね～って、それが購買基準よ。そんなつわもの達相手に、何をどうやったら〝Real Quality〟が売れるのよ。勝手に値札にゼロ二つ増やしたって難しいわ。ああ、もうっ！　どうしたらこんなことになるのかしら、あのクソジジイ！」

言うだけ言うと、空になったグラスを力いっぱいテーブルへ置く。

「まあまあ、石垣さん」

「落ち着いて」

「杏奈くん。水割り頼むよ」

「は、はい」

彼女の隣に座っていた嶋崎、そして前に座っていた桜川常務と比嘉が慌ててフォローに当たる。

杏奈も急いで水割りを作る。

「どうぞ、石垣チーフ」

「ありがとう。ごめんなさいね。積年の恨みまで一気に出ちゃった。企画を阻まれたの、一度や二度じゃないから」

今の石垣は、「ありがとう」と「ごめんなさい」をごく自然に口にする。彼女も、以前とは何かが変わっていた。

石垣が、ため息まじりに心からぼやく。

「——でも、あなたなら私が言うことわかるでしょう？　百目鬼さん。あのアンケートが現実よ。いきなり本店で、ヤングブランドの販売なんて無茶よ。快《こころよ》く購入してもらうには、最低でも桜屋とのコラボって段階は絶対不可欠。だって、うちのお客様は、どんなに名の知れたブランドでも、宝石を使っていないとなると、ただのガラスじゃないのって言って認めないのよ。代々受け継いだ漬物石より頭が固いんだから、どうしろっていうのよぉっっっ」

受け取ったグラスを両手に包んで、石垣は泣き伏した。

「石垣さん。わかったから、泣かないで」

「とりあえず、飲みましょう」

かける言葉も、対策も思いつかないのか、桜川常務と比嘉が宥《なだ》めに回った。

平塚はすっかりしょげて黙り込み、嶋崎もどうしたものかと悩むばかりだ。

すると、これまで一言も話さなかった稲垣が、突然杏奈に問いかけた。

「なあ。これって結局、俺が悪いのか？　まんまとあいつに乗せられた俺が馬鹿なのか？」

来店してからすでに二、三十分は経ったが、稲垣はまだ酒も煙草も手にしていなかった。

とりあえず、比嘉に連れて来られて同席はしていたが、心ここにあらずで、彼はずっと一人で考え込んでいた。

「そんなこと、誰も言ってないじゃない。あの場で嶋崎室長や桜川常務が、桜川専務の無礼を謝ってくれたでしょう。比嘉社長にしたって、今回のことは稲垣に非はないって。今さっきも言ってくれたばかりじゃない」

杏奈がそれとなく水割りを勧めると、稲垣がようやく手を伸ばした。

あえてテーブルの隅に着いてはいるが、杏奈の隣には平塚がいる。稲垣から一つ席を空けた隣の席にも比嘉がいる。小声で話したところで、すべて筒抜けだ。

それでも稲垣は、杏奈だけに話を続ける。

「でもよ。平塚さん以外の全員が、売れないことを前提に話して、頭を抱えてるんだぞ。販売期間は二日もあるのに、一つも売れない。〝ジュエリー・ＳＡＫＵＲＡ〟で、俺の作ったアクセなんか売れるはずがないのにどうしようって。客層が違うのはわかるけど、それにしたって失礼すぎるだろう」

これらを仕事上の意見として口にするのは、稲垣にも抵抗があったのだろう。

話し相手が杏奈なら、それもこのサンドリヨンのホステスなら、ただの愚痴《ぐち》で済む。上司や仕事相手に対して、憤慨をぶつけているわけではない。

「稲垣」

稲垣は、杏奈が同意してくれればそれでよさそうだった。

それ以上求めるつもりはなかったかもしれない。

しかし、杏奈は姿勢を正すと、はっきりと稲垣に言った。

「それは……、稲垣の気持ちはわかるわよ。でも、これは、稲垣の作品のレベルとかじゃないのよ」

「レベル？」

「そう。たとえばお正月用の鏡餅を買いに来た人が、一緒に置いてあったからって、クリスマス用のリースを買う？　ケーキならまだしも、リースじゃまず買わないわよね？　みんなは、そういう用途や目的の違いをどうしようって悩んでるんであって、稲垣の作品がどうこう言ってるわけじゃない。もっとぶっちゃけて言うなら、シャネルしか興味ない人がわざわざヴィトンは買わないでしょうって話よ」

杏奈があまりに真剣なので、稲垣どころか平塚達も真剣に聞き入った。

一番距離があった比嘉や桜川常務も、聞き耳を立てて身を乗り出している。

「〝ジュエリー・ＳＡＫＵＲＡ〟にしても、〝Real Quality〟にしても、個性が全く違うから、客層が違うのは当然よ。素人の私から見たって、この二つのブランドは別ものよ。全部まとめてアクセサリーって人なら、そのときの気分で好きなものを買う。けど、こだわりのある人は贔屓《ひいき》のブランドで買う。でも、そもそもそのこだわりを生んでるのが、稲垣達作り手なんだから、どうしようもないでしょう」

とはいえ、聞けば聞くほど、稲垣にとっては理不尽《りふじん》な話だったのだろう。

「――なら、どうしろって言うんだよ。お前の言い分を真に受けるなら、俺は死んでも天然ウナギしか食いませんって奴に、養殖の穴子《あなご》を出すようなもんだぞ。目の前に出しているのに、箸《はし》もつけてもらえないって、どんな虐《いじ》めなんだよ。可哀想すぎるじゃないか」

勢いづいて稲垣がテーブルを叩くと、奥のほうから「ぷっ」と噴き出す音が聞こえた。

それも一人や二人ではない。杏奈以外全員だ。

「あ、すまない」

「いや、あまりにたとえが――くくくっ」

特に桜川常務と比嘉は豪快に笑っている。

「笑いたければ、笑えばいいだろう。俺はもう、この仕事を下りるからな」

我慢が限界を超えたのか、稲垣が奥に向かって声を荒らげた。

彼の視線の先には、比嘉がいた。

そして、石垣と嶋崎もいる。

「そもそも桜屋の専務は、俺のシリーズなんか知らないよ。〝Real Quality〟から卸せば、それが〝Real Quality〟のアクセだ。それに、〝Real Quality〟には、桜屋の客が好みそうなデザインのものだってあるにはある。養殖穴子が無理でも、養殖ウナギならごまかされてくれる客だっているかもしれない。コラボにしたって、一方的にこっちが歩みよらなきゃいけないなら、それが一番手っ取り早い。俺が企画から外れさえすれば、全部まとめて大団円だ。あとは自分達でどうにかしてくれ」

思いのすべてを吐き出すと、稲垣は席を立った。

だが、それを引き留めようとあとを追ったのは嶋崎だ。

「冗談も大概にしてくれ！　この企画には君の作品が必要だ。昼間もそう言ったはずだ」

「――」

嶋崎は、人目を憚《はばか》ることなく、稲垣の腕を掴んだ。

今だけは場所も杏奈の存在も、目に入っていない。咄嗟に掴んだ稲垣の腕を離す様子はなく、それどころか、その力は増しているように見える。

「それに、俺があの場で異を唱《とな》えなかったのは、専務の言い分にも一理あると思ったからだ。専務は、客の気持ちが変われば、自分はそれに従うと言った。コラボ企画にも協力するし、今後の商品改革にも努力すると約束した。ただ、それと同時に、客の気持ちを変えるのは商品だけじゃない。お前達の企画力や営業力もあるだろうと言外に示していた。少なくとも、俺はそう受け取った」

嶋崎の思いが言葉となって溢《あふ》れるうちに、稲垣は何かを諦めたように身体から力を抜いた。

帰るという素振りは、もう見せない。せめて腕は離せと、軽く揺すっただけだ。

「正直言って、この二日間の販売は〝ジュエリー・SAKURA〟と〝Real Quality〟の勝負である以上に、専務と俺達企画営業室の勝負だ。杏奈が言うように、全く別物である〝Real Quality〟の商品を、どうやってうちの〝ジュエリー・SAKURA〟の客に受け入れさせるか。納得して、心地よく購入してもらい、そしてちゃんと愛用してもらえるか。その勝負だ」

嶋崎は、話の途中で、稲垣の腕を放した。

その後は彼を元の席へ誘導し、仕事の話を続ける。

「だから、君にはぜひ、自信作を卸してほしい。二日間だけ俺達に預けてほしい。個人的な好みを言うなら、やはり桜——舞姫のシリーズなら売り口上も作りやすい。どうだろうか？」

杏奈は改めてされるだろう〝乾杯〟を予感し、すべてのグラスに水割りを作り足していった。

そして、ちょうど全員の前に、満たされたグラスを戻したときだ。嶋崎がグラスを手に持ち、稲垣に差し向けた。

「ちなみに、君の作品が養殖だというなら、俺は穴子《あなご》ではなくマグロだと思う。最高の技術をもってしても、生産は難しい。だが、そういう技術と発想がなければ、そもそも生まれないし作れない。だからこその、本物品質。〝Real Quality〟だって」

かなり嫌そうな顔だったが、稲垣もグラスを手にして合わせにいった。

自信に満ちた笑顔を向ける嶋崎に観念してか、「あっそ」とだけ答えて、グラスを合わせた。

10

結果だけを考えるなら、うまくまとまった——

それが先ほどサンドリヨンで行われた、二社合同ミーティングだ。

杏奈もそれはわかっていた。

一時はどうなることかと思ったが、雨降って地固まるだ。

お互いの意見を正直にぶつけ合ったからこそ生まれた結果で、企画営業室員と杏奈が上手くいくようになったのと同じだ。

ただ、あのときと大きく違うのは、今夜円満になったのが嶋崎と稲垣だということ。

稲垣は店をでる際、杏奈にこっそり愚痴《ぐち》ってきた。

〝あれはタラシだよな。それも女タラシじゃなくて、オールマイティーな人タラシだ。しかも、天然熱血そうに見せて、実は計算ずく。目的のためには、平気で道化師にもなるから、やりにくいったらない。俺なんかとはプライドの持ちかたが違うから、頭を下げることにも抵抗ないんだろうな。必死で突っ張ってるほうが、馬鹿みたいだ。一番付き合いたくないタイプだよ〟

杏奈は「それってあんたが博信さんにタラされたって意味⁉」と、聞き返しそうになった。

もちろん、言葉にはしなかった。改めて確認するまでもなく、稲垣が嶋崎を受け入れたことは、誰の目にも明らかだったからだ。

それに、そもそも嶋崎が人タラシなのは、杏奈も身をもって知っている。

実際に彼が計算高く動いた幾多《いくた》の場面も目撃済みだ。

だが、だからこそ、今夜の杏奈には過去に覚えのない胸騒ぎが起こっていた。

ついため息が漏れそうになる。

（はぁ――）

この、どこからともなく湧き起こるモヤモヤとした気分が、「嫉妬《しっと》」と呼ばれる感情だろうことは、杏奈にも容易に想像がつく。

自分よりあとに出会い、何度か話しただけの稲垣に、嶋崎のことを知ったふうに語られたことが納得いかなかった。

筋違いなのは承知の上だが、どうしても、腹が立ったのだ。

（こんなこと、一度もなかったのに）

それが仕事上のことだとしても、杏奈は自分以上に彼を知る人が存在するのが嫌だった。だから、稲垣にも、これ以上嶋崎に近づいてほしくなかった。

なんという傲慢さだろうか――。杏奈は自分でもそう思ったほどだ。

しかも、止めどなく湧き起こるモヤモヤを振り切ろうとしたら、逆に妙な暴走してしまった。

店が終わったその足で、嶋崎の部屋へ行ったのはいいが、誘われるまま一緒にバスルームへ入ってしまったのだ。

（今夜の私、おかしいわ）

杏奈は自分でもよくわからないテンションのまま、嶋崎に服を脱がされた。

杏奈自身も嶋崎の手に誘導されて、彼のシャツのボタンを外し、シャツを肩から落とした。

（博信さん）

現れた彼の肉体を目にして、いっそうおかしくなった気がしたが、そのままシャワーを浴びて抱き合った。

まるで豪雨の中でするような、ドラマチックなキス。

長い髪が肌に張り付き、その白さを浮き立たせる。

唇を舐めとられることで、杏奈の感覚が麻痺して、大胆になった。

「杏……奈」

知らず知らずのうちに互いの口内を探り合い、適温に設定されたシャワーが唾液に混じった。

杏奈はバスルームの壁を背に、立ったままの姿勢で愛撫されていた。これまでの人生では考えられない淫行だ。

しかし、それが嶋崎には嬉しいらしい。杏奈がいつになく乱れるのを見て、嶋崎の欲情もまたいっそう高まっていく。

「熱い……。なんだか今夜の杏奈は、これまでで一番熱い」

彼の濡れた唇が、舌が、杏奈の口内を貪《むさぼ》った。

まるで喰いつくさんばかりの荒々しいキスに、杏奈はさらに心酔していく。

「——ここも、ここも」

おずおずながら動かした舌が、嶋崎のそれと絡み合う。二人の身体が一つに繋《つな》がる行為より、杏奈には艶《なま》めかしく思えた。

これだけで身体の中がジンと疼《うず》く。本能や理性よりも煩悩が勝ってしまう。

「特にここなんか、こんなに——」

彼の利き手《き》が潜り込んだ陰部からは、すでに卑猥な音が響き始めていた。愛液が滴《したた》り、彼の指や掌《てのひら》はおろか、杏奈の内腿《うちもも》までぐっしょりと濡らしている。すべてシャワーのせいにしてしまいたいほどだ。

「どうしてだろう？」

「つん――んっ」

滑《すべ》る秘所に招かれるようにして、嶋崎が長い指で中を探った。それと同時に陰核を擦られ、悪戯《いたずら》にこねられて嬌声《きょうせい》が上がった。

「――わからない。わからないわ……」

「そっか」

指で抽挿を繰り返されるたびに、痺れるような快感が杏奈の中を駆け巡る。かなり激しく出し入れされたが、痛みや嫌悪《けんお》の類《たぐい》はない。むしろ狂喜しそうな快感が、かえって怖くなる。

杏奈の下肢が自然と揺れた。

（本当に、どうしてこんなに……）

「――なら、もっと熱くなって。わからないままでいいから――」

嶋崎の唇が、杏奈の首筋からデコルテを下って、乳房にたどり着いた。ツンとした突起を大胆に舐められ、舌先で転がされて遊ばれる。

「やんっ。博信さ……」

突起の部分だけを甘噛みされると、背筋に言いようのない痺れが走った。

同時に下肢でも尖った突起を摘《つま》まれて、悲鳴にも似た嬌声が室内に甘く響く。

「はぁん――っぁっ」

このまま敏感な部分を愛され、弄《いじ》られるだけでは耐えられそうになかった。

「駄目っ、も……来て……。博信さん」

早く一つになりたい。この疼《うず》きばかりが増す肉体に、すぐにでもとどめを刺してほしい。

濃厚な欲望が、杏奈に嶋崎自身を求めさせる。心なしか、腿《もも》の力が自然と抜けた。

すると、嶋崎が屈めた身体を起こして、杏奈の耳元に唇を寄せた。

「入れて、がいいな」

(――え?)

驚きから、杏奈の双眸《そうぼう》がパッと開く。

「来て、より、入れて、が聞きたい。駄目?」

なおも囁かれて、その〝駄目〟はずるいと思った。

こんなときに、どんな我《わ》が侭《まま》?

それともこれは、意地悪?

「――あっ」

戸惑う杏奈を急かすように、嶋崎は下肢へ伸ばした手だけを動かし続ける。

いっそ、このままイかせてくれればいいのに、彼はそういうつもりはないらしい。

動揺したまま視線をずらすと、嶋崎の口角がわずかに上がっているのが見えた。

やはりこれは我が侭ではなく、意地悪らしい。

今にも達しそうなところで焦らされ続けて、杏奈は両手を彼の肩に絡めた。

「んっ……、入れ、て」

蚊の鳴くような声で漏らすも、バスルームだけに妙な反響をしてしまう。

自分の声が耳に届いて、さらに欲情してしまった。

嶋崎は、いっそう頬を赤らめた杏奈の顔を覗きこみ、額《ひたい》に軽くキスをした。

「どこに、何を？」

「っつ、聞かないで」

「今さら恥ずかしがることないだろう。ここ、こんなにして――」

どうやら杏奈が屈するまで、この状態は続くらしい。

それをよしとしない杏奈の身体に力が入った。嶋崎の指をきつく締め上げ、自ら快感を増そうと動く。

「やっ」

抜かないで――と、彼の腕をきつく握った。

それでも嶋崎は下肢から手をずらして、杏奈の太腿《ふともも》に這わせた。

「俺も早く杏奈の中に入りたい。一つになりたい。わかるだろう？」

両手で乳房と腰を撫《な》でながら、意地悪な要求を通そうとする。

「――入れて」

このまま焦らされ続けたら、おかしくなりそうだった。

それまで持たない自覚もあって、杏奈はついに、呟いた。

「博信さんのを――私の中に」

一瞬にして、顔から身体から、真っ赤に染まった。

これまで以上に興奮が増し、この上焦らされたら「意地悪」と罵《ののし》るだけではすまなそうだ。

それほど杏奈は、甘い快感に追いつめられていた。

だが、それは嶋崎自身も同じだったようで――

「了解」

杏奈は左の腿《もも》を抱えられると、いきり立つ熱棒を突き刺された。

「ひゃっ！」

すでに嶋崎自身も張りつめていたのは感じていたが、これほどとは思わず、悲鳴が上がった。

「一生、抜かないかも……しれない」

一気に奥まで突き入れられて、激しく中を擦られた。

嶋崎に支えられるも、足場が悪いために、杏奈はその場に崩れそうになる。

すると、いっそう力強く嶋崎が抱いてきた。

「杏奈」

「――っ!!」

左腿と臀部をガッチリと掴まれて、引き寄せられる。

その反動と自身の重みで、嶋崎の欲望がこれまで以上に奥深いところまで突き刺さる。

(……深い。お腹の奥まで、当たってる)

抑えきれない肉欲に、今だけは支配されていく。

杏奈は嶋崎自身で突き上げられるほど、熱く激しく乱れてしまう。

「ぁんんっ、いっ、あ——っ。博信さっ」

「すごい……っ。感じてる？」

羞恥心もなく、コクリと頷いた。

息が上がって呼吸が乱れるも、それさえ杏奈にとっては心地よい。

初めて感じた、極上の愉悦だ。

「そう。嬉しいよ」

嶋崎は、杏奈が乱れるほど嬉しそうに笑った。

「もっと、もっと俺で満たしたい」

そう口走っては激しく攻め立て、杏奈を未知なる世界へ落とそうとした。

そして、彼もまた共に落ち、杏奈とすべてを分かち合おうとした。

「杏奈の身も心も、全部俺だけのものだ」

一心不乱に——

杏奈が嶋崎に抱かれて寝室へ移動したのは、それから一時間ぐらいあとだった。

共にバスローブだけを羽織った姿で、ベッドへ横たわる。

すると、嶋崎はバスローブのフード部分で、杏奈の髪を拭い始めた。

なんとも甲斐甲斐しい。それでいて、こんな仕草の中でさえ見せる微笑が艶《つや》っぽい。

「いやらしかった……ですよね」

徐々に理性が戻ってくると、杏奈は嶋崎の胸に顔を埋めてぽつりと言った。

「それって俺のこと？」

「私のことです」

先ほどまでとは人が違ったようにかしこまる杏奈に、嶋崎がクスクス笑う。

しいて言うなら今が正常——これが普段の杏奈のはずだ。だが、杏奈自身、自信が持てなくなってきた。

それほど今夜は乱れた。記憶の断片をたどっても、淫乱としか思えない悶《もだ》えかたをしてしまったと思う。

「そう？　綺麗だったよ。いつにも増して直情的で、色っぽかった。なんかこう——、激しく愛されて、求められている感じがした。それが魅惑的で嬉しくて、俺のほうが溺れそう」

しかし、よく考えれば、これは嶋崎が誘導したことだ。

彼は、自分が見たかった杏奈の姿が見られてご満悦だ。

いつも以上にアフターサービスが行き届いているのも、その表れだろう。まるで、よしよしをするように髪を拭われ、杏奈は余計に恥ずかしくなった。

こんなに甘やかされて、くせになったらどうしよう――と、ますます嶋崎の策にはめられていく。

「いや、もう溺れたあとか」

そう言って嶋崎は、杏奈のこめかみにキスをする。

ゆっくりと身体が寄り添う側の膝を立てて、嶋崎は杏奈の脚を悪戯《いたずら》に割ってきた。

「きりがないな。毎日が休みなら、ずっとこうしていそうだ」

力強く抱き寄せられて、杏奈の身体が彼の上に重なった。

バスローブの合わせがゆるんで、白い乳房の狭間がチラリと覗く。

「私達が休みでも、銀座桜屋は営業してますよ」

「そっか」

そんな会話をしながらも、自然に唇が重なった。

彼の腿《もも》が陰部に当たり、また濡れてしまいそうだ。

それを煽《あお》るように、嶋崎の手が杏奈のバスローブの裾をたくし上げて、現れた尻の片側を掴んで撫《な》でさする。

一度は治まったかに思えた欲情の火種が、再び燻《くすぶ》りはじめる。

だが、その前に――と、杏奈が待ったをかけた。ずっと、告げたいと思っていたことを……

「博信さん」

「ん？」

「私、お店を辞めることにしました」

一つの決意を口にした。

「――」

嶋崎は一瞬、押し黙った。

もしかして俺のため？　俺のせい？

その目には喜びと申し訳なさが混在していた。

彼のことだ。きっと自分の喜びと同時に、杏奈を可愛がってきたマスターや、永沢をはじめとする常連客達の落胆を想像したのだろう。

それがわかるだけに、杏奈はさらに告白とも報告ともとれる話を続けた。

「あと、派遣仕事のことなんですけど――」

九月で銀座桜屋への派遣期間が切れること、そもそも三十歳を境に、会計関係の資格を取るための勉強を始めよう、学校へ通おうと決めていたこと。そして、いずれは手につけた職で生計を立てるつもりだったこと。

いずれにしても夜の仕事は卒業するつもりだったことを打ち明けて、今後の進路を伝えた。

サンドリヨンを去るのは、決して嶋崎のためだけではない。もともと杏奈自身が考えていたことだと、彼の負担にならないように報告したのだ。

その分、彼の細やかな喜びは奪ってしまうかもしれないが――

「そうしたら、今よりは自由な時間ができるんですけど、構ってくれますか？　それとも今ぐらいが丁度いいなら、もう一つぐらい何か資格を取る勉強をしますけど」

ただ、杏奈はこれから起こるすべての事が、自分の意思だということを、嶋崎に主張したかった。

そして、その上で理解してもらいたかったたし、できれば「もちろん。構うよ」と答えてほしかった。

すると、嶋崎はいったん悪戯《いたずら》をやめて、杏奈の背中に両腕を回してきた。

「――だったらここへ通うか、住み込みで、花嫁修業ってどう？」

「え？」

「俺は最初からそのつもりだよ。だから言っただろう。本気で、真剣に、全力で付き合おうって」

思いがけない返事に、胸の鼓動が高まった。

杏奈のドキドキは常に嶋崎が原因だ。

このトキメキは、彼が杏奈にのみ与えてくれるものだ。

「もちろん。修業だけで嫌になったら、それはそれで仕方がないけど。でも、自分で言うのもなんだけど、俺ってかなりお買い得だと思うから、じっくり値踏みしてほしいな」

ノリも言葉もかなりライトだが、杏奈には、これぐらいが丁度よかった。

杏奈が嶋崎に負担をかけまいと言葉を選んだように、嶋崎もまた杏奈に過度な負担を与えないように気を配ってくれているのだ。

「いい？」

どこか甘えたように、首を傾げて問われた。

「はい」

他に答えがあるなら、教えてほしかった。

だが、これればかりは世界中の誰に聞いても、同じ答えしかない。

「博信さん、大好き」

杏奈は心からの喜びを示すように、嶋崎に抱きついた。

「俺も。俺も杏奈が好きだ。愛してる――」

そして嶋崎もまた、愛おしげに杏奈を抱きしめ直した。

＊　＊　＊

甘い一夜が明けると、厳しい現実が待っていた。コラボ企画実現のための、〝Real Quality〟販売だ。

必ず売らなければならないというプレッシャーもさることながら、期間限定とはいえ、全く予定のなかった品を店頭に出す。それも、これまで一度として置いたことのない他ブランドの商品となれば、それなりの理由付けが必要となる。

何も知らない来店客に対して違和感のない説明と、あたかも初めから組まれた企画だったと思わせるぐらいの演出が必要だ。

だが、そこまで桜川専務が責任を負ってくれるはずもなく、だからこそ嶋崎は、杏奈共々休日を返上して週末の期間限定販売に備えた。

大まかな企画を立てると、月曜からさっそく動き始めた。

「百目鬼。悪いけど、この資料を急ぎでまとめてくれる？」

「はい。平塚さん」

室内は御前会議の準備をしていたとき以上に緊迫していたが、ギスギスした感じはなかった。むしろほどよい緊張感に、高揚感を覚える。杏奈もできる限りのことをしようと思った。

「平塚。メルマガ登録者限定で〝シークレットセール〟の告知案内を出すから、原稿を用意してくれ。二日間限定と初の他ブランドシリーズ販売ってところを強調して。ただし、ブランド名は伏せてだ。顧客の中で勝手に話が先行しても困るし、ネットで騒がれたら面倒だから」

「はい。わかりました」

本来の予定なら、稲垣の再試作品を待って、今後のコラボ企画用のシリーズをどうしていくか、煮詰めていく時期だ。

しかし、こうなっては稲垣も試作の作り直しに取りかかれない。彼は、先に納品せざるを得なくなった作品の選出に、頭を悩ませているところだろう。嶋崎が納品作のリクエストを出したものの、現状在庫の中でどこまで何がそろうかは、わからない。これればかりは、〝Real Quality〟からの連絡をまつだけだ。

そのため、商品を見てから決める必要のある作業に関しては、必然的にギリギリ進行となった。とりあえず、過去シリーズの資料を見ながら進めてはいるが、ディスプレイや売り口上を決めるには、やはり実物がほしいところだ。

「嶋崎室長！　売り場にアッキー様の等身大パネルとかどうですか？　ファンなら食いつくこと間違いなしですよぉ」

誰もが顔を引き攣《つ》らせて作業する中、三富の普段と全く変わらない態度は、すでに国宝級だった。

「三富さん。先に敬老の日のフェアが入ってるってことを忘れないで」

「なら、卓上パネルでどうですか！　どこのお客様であっても、女性である限り、いい顔の男は絶対不可欠な客引き要素ですよ。使えるものは何でも使わなきゃ～」

「——そう。なら、卓上パネル、フェア内にレイアウトするならＯＫってことで。ただし、本人から写真の使用許可が下りたらね」

「え？　許可取らないと駄目ですか？」

「駄目！」

頭上を飛び交った会話に、杏奈は不覚にも噴きそうになった。

嶋崎がやけくそで発したであろう「駄目！」が、思いの外ツボにはまってしまったのだ。

いけない、いけないと自分に言い聞かせ、パソコン画面から目線をキーボードに落とした。

と、対面の席で電話中だった石垣が、突然立ち上がる。

杏奈は、全身をビクリとさせて顔を上げた。

「本当ですか？　——はい。——はい。新作——もちろんです。むしろ一点物のほうがありがたいです。本当にすみません。ありがとうございます。どうか、よろしくお願いします」

石垣は受話器を持ったまま、幾度も頭を下げていた。

そして、通話を終えたときには、嶋崎が石垣のそばまで駆け寄っていた。

「どうしたの、石垣さん。新作って？」

「納品点数は限られますが、稲垣さんが新作を出して下さるそうです。室長が希望した桜モチーフの舞姫は二期前のものだし、それをそのまま卸したら在庫セールにしかならないから、これを機に舞姫の新バージョンを製作する、と。それを今回は銀座桜屋で期間限定の先行販売という形にしてくださるそうです」

「本当か！」

これには杏奈も、一緒に声を上げそうになった。

杏奈だけでなく、この場にいる者全員がそうであるようだった。

「はい。ただ、これは後日自社販売もするし、〝Real Quality〟の名で出す限り、銀座桜屋の顧客に媚《こ》びることはしない。多少意識はするが、決して妥協はしない。あくまでも自分らしいと思う作品を作るから、そこは納得して受け入れてほしいと」

「十分だよ。そうか、完全新作か——。平塚！」

覇気に満ちた嶋崎の声に、平塚が勢いよく立ち上がる。

「わかりました。それ用のキャッチコピーをいくつか練っておきます」

「頼んだぞ」

「はい！　嶋崎室長。あ、百目鬼。コーヒー頼んでいいか？」

「はい。淹《い》れてきます」

一瞬にして室内の空気が変わる。

杏奈は快《こころよ》く席を立つと、給湯室へ向かった。

（稲垣……）

そして、人数分のコーヒーを淹れるわずかな間に、日曜の夜に受けた稲垣からの電話を思い返した。


『なあ。そういえばさ、お前俺のシリーズってちゃんと見たことあるか？』

〝あるわよ。〝Real Quality〟のホームページとオフィシャルショップで〟

『なら、率直な意見を聞かせてくれないか。お前から見て二つを比べたときに、一番の違いってなんだ？　別物に見えるって、やっぱり素材か？　価格か？　知名度か？　もしかして、基本的な加工技術とかっていうのもあるのか？』

〝うーん。すべてかな〟

『すべて？』

さすがに状況が変わってきたので、金曜の夜に、杏奈は稲垣に連絡先を教えていた。

稲垣が嶋崎の前で堂々と聞いたのだ。ここまでくると、嶋崎も特に嫌な顔はしない。

このとき、流れで杏奈たちの交際が石垣や平塚達にも知れることとなった。

そして日曜日に、さっそく電話がかかってきたのだ。

杏奈が嶋崎の部屋にいるとも知らず、そして嶋崎が杏奈と一緒になって稲垣の相談に乗っていたとも知らずに、だ。

〝そう。私はブランド信仰がないから、客観的な意見になっちゃうんだけど。〝Real Quality〟は、ほしいと思って買ったときに身に着けるのが一番合ってるし、持ち主も輝くと思うの。そもそも日常の贅沢品でしょう。そこそこの収入があれば無理なく買える価格設定だしね〟

杏奈は、自分が思いつく限りの考えを、真摯《しんし》に答えた。

たまたまとはいえ、そばで嶋崎も聞いていたし、一緒に考えてくれた。何か間違ったことを言ってしまっても、この場でフォローしてもらえる。

杏奈にとってこの安心感は絶大だった。

〝それに反して、「ジュエリー・SAKURA」は買い手も買いどきも選ぶ。うちでは安価なシリーズのセール品でも十万円を切ることはまずないし、一番売れるのがエンゲージリングってところで、何十万円から、だからね〟

そして、このときほど杏奈は、以前石垣から突きつけられて大奮闘させられた〝アンケート集計〟に、感謝したことはなかった。

あの作業がなければ、杏奈は銀座桜屋の客層や、その本質はわからなかった。

背水の陣で電話をかけてきただろう稲垣にも、言葉を選ぶことさえできなかったはずだ。

〝ただ、それだけに一つあれば一生使えるのは確かね。ここぞというお呼ばれや行事で身に着けるのに恥ずかしくない品格があるし。年をとっても堂々と付けられて、娘や孫の代にも引き継げるわ。

デザイン自体シンプルなものが多いから、時代を選ばないし――あ、磨《みが》き直しやリメイクのサービスもあるし、保証期間も違うか。そういえば、〝Real Quality〟には、メンテナンスってあるの？〟

そうして話をするうちに、杏奈が何気なく言ったことが、稲垣の心に突き刺さったようだ。

『自社メンテはないいな。そもそも大概のものなら専門の修理屋があるし、今どき直してまで使うかって聞かれたら――。って、これが不動の価値観か。専務のおっさんが言ってたのはこういうことか』

この事実には稲垣も、そして嶋崎も、これまでにはなかった何かを感じたようだった。

しばらくの間、無言になる。

『――やべえ。売れないいって連呼された意味がわかったわ。ようは、あれだよな。鑑定・保証書付きの宝飾品しか買わないお客にとっては、それがないだけで偽物で、価値がないってことだもんな』

喧嘩腰の売り言葉に買い言葉でしかなかった、桜川専務とのやりとり。

だが、その中に含まれていた現実の意味は大きい。

〝何を基準に物を選ぶかは、その人の価値観次第よ。でも、保証書があるからいいものかって考えたら、そこは違うと思う。お客様にとっては、銀座桜屋が出す保証だから信頼になるの。でも、それって〝Real Quality〟が提供する品だから、喜んで買ってくれるお客様と気持ちは変わらないはずよ。自分が好きなものを世に出してくれるブランドへの期待と信頼――それは同じでしょう〟

『自分が好きなものを提供してくれる、か――』

二人の話は、終始嶋崎に見守られながら、そこで終わった。

だから嶋崎も、今の稲垣からの電話はさぞ嬉しかったのだろう。杏奈を追いかけるように給湯室へ入ってくると、嶋崎はスーツの胸元から煙草を取りだした。

いつものように、換気扇を回す。

「新作。妥協はしないが意識はするってことは、もっと歩み寄ってくれるってことかな？」

笑みさえ浮かべて、煙草に火をつける。

「負けず嫌いですからね、稲垣は。今回に限っては、ここで売れるものが提供できるか否かに勝敗の焦点が移ったんだと思います」

「熱心な相談役のおかげだな」

「それは違います」

「ん？」

「そもそも私に電話したのは、博信さんからの期待に応えたかったから。自分を心から必要としてくれた人に対して、精いっぱい何かしたいって思っただけですよ」

杏奈は、沸きたてのお湯で全員分のコーヒーを淹《い》れながら、本心を晒した。

「博信さんが、仕事を最優先にしてるから。いろんなしがらみがある中で、稲垣との仕事を無事に終えよう、成功させようって。それを一番に考えて動いているから、きっと同じ男として負けられないって思ったんです。だから、今の稲垣を動かしてるのは、他の誰でもない。間違いなく博信さんですよ。悔しいけど」

こんな理由で稲垣に、そして嶋崎に、やきもちを焼くことになるとは思わなかった。

だが、杏奈は確かに嫉妬《しっと》していた。

一つの仕事に打ち込み、真摯《しんし》に向かい合う。そんな者達が自分にはない輝きを放っているのが、羨《うらや》ましかった。ここだけは一人の社会人として、単純に妬《ねた》ましかったのだ。

しかし、それを聞いた嶋崎は、クスリと笑った。

「——だといいけど。でも、杏奈が悔しがる必要はないよ。彼の気持ちの半分は、〝仕事最優先で全力疾走、手抜きなしの俺って悪くないだろう？　ちょっとグッとくるだろう？〟っていう、君へのアピールだからね」

「アピール？」

「そう。ここで上手くやって乗り切るぞっていうのは、恋の駆け引きだ。俺と一緒で、仕事終わりのご褒美《ほうび》目当て。そうでなければ、あの内容の相談なら、俺か石垣さんにするほうが早くて正確な答えが得られる。この騒動の真っただ中に、堂々と〝ジュエリー・ＳＡＫＵＲＡ〟でもなければ、〝Real Quality〟でもないブランドもののネックレスをつけている君を選んで、聞くはずがないからね」

嶋崎は煙草を持たない空いていたほうの手で、杏奈の胸元を飾っていたネックレスのトップを突いてきた。

杏奈がハッとしてネックレスに手を当てた。

「あ。ごめんなさい。これ、お店の女の子達が、去年の誕生日に買ってくれたもので」

「え？　自分で選んだものじゃなかったのか？」

「……」

「——まあ、だからこそ〝客観的〟に分析できるんだろうけどね」

嶋崎も、そうとしか言いようがなかったのだろう。結局ここでも、笑い飛ばすしか術《すべ》がなかったようだ。

「——ごめんなさい。私ったら、本当に」

「いいよいいよ。かえって何をあげても、そうして大事につけてくれるんだってわかったから」

ふと、嶋崎が胸元のネックレスに当てられていた杏奈の手をとった。

「博信さん？」

「そのうち俺にもプレゼントさせて」

そして、何も付けていない、今は何も飾られていない杏奈の左指に親指を滑らせると、そこを軽く握った。

「——っ」

不意を突かれて、杏奈の胸がキュンとなる。

ドキドキが止まらない。

（博信さん）

嶋崎が、握り締めた杏奈の手を引くと、その甲にそっとキスをする。

それだけでは足りなくなったのか、唇も奪う。

不意打ちばかりで、杏奈は眩暈《めまい》がしそうだ。

「――もちろん。本命の百周年祭でコラボ企画を大成功させた暁《あかつき》に――だけどね」

それでも今は仕事が先だ。一瞬で離れた唇が、極上の笑みを浮かべる。

「はい」

その後、嶋崎は吸い終えた煙草をもみ消すと、先に部屋へ戻っていった。

杏奈もコーヒーを淹《い》れて部屋へ戻り、みんなに配った。

しかし、一度高鳴り始めた杏奈の鼓動は、しばらく治まらなかった。

11

従来の仕事に加え、期間限定販売の準備に追われる嶋崎達の疲労はそうとうなものだった。しかし、それでも作り手である稲垣の比ではない。

稲垣は、しょっちゅうメールで愚痴《ぐち》ってきた。

それもあえて、杏奈と嶋崎へ同時送信だ。

おかげで杏奈は、二人の仕事に対してやきもちを焼くどころではなくなった。

嶋崎は嶋崎で、杏奈に近づくなとも言えず――今は愚痴《ぐち》聞きに徹していた。

だが、その甲斐は十分あった。

「これで、お願いします」

稲垣が銀座桜屋に新作を持参したのは販売日の前日、土曜の夜だった。

こうなったらとことん付き合いたい、すべてを見届けたいと思った杏奈は、自ら出勤を申し出て、この場にいた。

猫の手も借りたい状況なので、石垣達からも歓迎されての同席だ。

（え？　これが、〝Real Quality〟の新作？）

持ち込まれたアイテムは、八重桜《やえざくら》の舞姫をモチーフとしたリング、ピアス、ネックレス、ブレスレット、ブローチの五種類だった。

ただし、〝Real Quality〟で展開する彼のシリーズは男女兼用タイプか男女のセットが定番のため、ここでも男性用と女性用の十種類を用意していた。

ユニセックスな兼用タイプでは、銀座桜屋の客層には合わない。

かといって女性用だけを作って出すのは、シリーズのコンセプトにそぐわない。

稲垣は、倍の数を作ることは厳しい作業になるとわかっていながら、セットにしたのだ。

しかも、少しでも客層を広げるためにと、同デザインでゴールドタイプとプラチナタイプ、ものによってはシルバータイプも用意していた。結果的には、合計二十点もの商品が納められたのだ。

それを見た嶋崎と石垣が、頭を下げた。

「ありがとうございます」

「稲垣さん。本当に、無理させてしまってすみませんでした。ありがとうございます」

稲垣が持ち込んだ新作はすべて手作りで、斬新なデザインと繊細な加工技術が施《ほどこ》された、渾身《こんしん》の品ばかりだった。

我を貫くと宣言したわりに、前作に比べてかなり女性用は華奢《きゃしゃ》で可憐だ。

男性用にいたっては、ワイルドな力強さの中にも〝和〟を感じさせ、かなり品《ひん》がある。

セットで並べてみても、総じて凛《りん》とした印象があり、これまでの稲垣の作風とは明らかに違っていた。

杏奈の目から見ても、これまでのターゲット年齢から、かなり幅を広げた印象だ。

「うわぁ、エレガントで素敵！　アッキー様の新作で、すべて一点ものなんて、全部私がほしいぐらい!!」

目の前に広げられた作品の数々に、誰より興奮したのは三富だった。

「三富さんっ！」

「あ、いいですって石垣さん。その一言が聞けただけで今は十分です。かえって、ありがとうって感じですから」

稲垣にとっては、どんな賛辞よりも嬉しかったのだろう。杏奈は、こんなに素直な「ありがとう」を発した稲垣を初めて見た。

しかしこれが今の稲垣、デザイナーとして生きる彼の本当の姿なのかもしれない。

「きゃーっっっ。アッキー様からお礼言われたー。聞いた聞いた？　杏奈さん。めちゃくちゃ嬉しいーっっっ‼」

さすがにその後は耳を塞ぎたそうだったが、とにかく稲垣は自分の仕事をやり遂げて満足しているようだった。

「――ってことで、あとはお任せします。これからスタッフと打ち上げやったら、火曜の朝まで寝倒しますので、販売結果は起きた頃に報告してください。じゃあ、これで」

〝ここまで来たら、まな板の上の鯉《こい》だ〟。そう言いきって、部屋をあとにする。

だが、その足取りは不思議と軽かった。

稲垣自身、無事に納品できたこと、それを報告できることに安堵したのだろう。

何せ、デザインから製作まで携わった稲垣の重労働もさることながら、そんな彼のサポートに名乗りを上げた製作班の数名も、今週はブラック企業以上の重労働となったらしいのだから。

特に最後の二日間はほとんど寝ずの作業だったという彼らは、稲垣の知らないうちに新作専用のレイアウト台まで仕上げてくれていて、稲垣はそのことに心から感謝をしていた。スタッフ曰《いわ》く、ここまでそろえてこそ完璧な仕事だ――ということらしい。

そうして稲垣達は入社以来最大の修羅場を乗り越えて、銀座桜屋への納品を完了させたのだ。

「あ、ありがとう稲垣くん。そこまで送るよ！」

こうして稲垣は、嶋崎や石垣に店の外まで送られて帰宅した。

ここから先は嶋崎達の仕事であり、勝負だ。

＊　＊　＊

翌日、販売日初日の日曜日。当然杏奈は、連日でサービス出勤をしていた。

誰もができることはやりきった。あとは売り場に出すだけだ。

そして、ここからは裏の世界から表の世界へ戦場が移る。

銀座桜屋の看板娘・三富がいよいよ出陣だ。今日は特に気合が入っていて、入社以来最高の仕上がりで自身を整えてきていた。

「三富さん。今日、明日は頼むわよ」

「頼むぞ、三富」

「はい。任せてください。売り場で私以上に〝Real Quality〟に詳しい人なんていませんから。すぐに全部売っちゃいまーす！」

三富は満面の笑みで売り場へ向かった。

張り切りすぎているところに一抹の不安はあったが、店頭は彼女のフィールドだ。

まだまだ社歴は浅いが、売り上げ実績はかなりのもの。ここは一任するしかない。

しかし、石垣が過去データからはじき出した銀座桜屋の実績は、正確なもので――

「あーんっっっ。どうしましょう、石垣チーフ。お客様が少ない上に、老眼鏡しか売れませんでしたっっっ‼」

初日の閉店後、三富は涙で流れ落ちたマスカラを拭うこともせず、部屋へ戻ってきた。

杏奈と石垣はそろって、ハンカチを差し出す。

「落ち着いて三富さん」

「そうよ。明日もあるでしょう」

「明日なんて、敬老の日の本番ですよっ。今日以上にご高齢のかたしか来ないんじゃないですか!?」

完全に敬老の日フェアと仏滅のダブルコンボに玉砕していた。

その場で膝を折って泣き崩れてしまう。

「そうかもしれないけど、人が少ないよりはアタックできるでしょう」

「そんなこと言われても、興味を示してくださったお客様も、商品説明を聞くだけでぇっ。結局最後は、〝でもこれって若い子向けよね～〟。イミテーションなんて恥ずかしくてつけられないわ〟って、いなくなっちゃうんですよ。どんなに〝Real Quality〟は宝石が売りじゃないのでって言っても、聞いてくれないし。だったらどうして銀座桜屋にあるのって突っ込まれたら、もう……、お腹痛……いっ」

しかも、そのままお腹を抱えてうずくまって――

「どうしたの三富さん!?」

「三富さん！」

「うううっ」

「三富⁉　どうした三富⁉　平塚、救急車だ‼」

「はい、室長‼」

　その騒ぎは翌日まで引きつがれた。


　販売日二日目にして最終となる月曜日。祝日だが、杏奈は本日もサービス出勤をしていた。

　店頭のことは気になるが、先週滞《とどこお》ってしまった仕事も少なくない。それは誰もが同じで、だからこそ、杏奈はせめて自分にできることをしたかった。

　明日からの通常業務に少しでも役立つよう、遅れた仕事を取り戻すべくパソコンに向かう。

　しかし、その一方で、自身のデスクに両手をついた石垣は、今にも倒れそうなほどやつれていた。

「神経性胃腸炎。三富さん、大事を取って二、三日入院になったそうよ。今、お母様から連絡があったわ」

「三富の胃腸にも人並みに神経が通ってたのか」

「平塚っ‼」

「すいませんっ！　不謹慎でした」

　相変わらず不用意な発言をした平塚は嶋崎に怒鳴られた。

　周りはいっそう肩を落として項垂《うなだ》れる。

「でも、そしたら売り場はどうするんですか？　今日は老眼鏡フェアの真っただ中ですよ。三富さんが抜けても、売り場自体は他から埋められるかもしれませんが、〝Real Quality〟の売り込みは誰がするんですか？　桜川専務の手前、誰も〝Real Quality〟の販売援護はしてくれませんよね？」

最悪な状況に、とうとう新人社員が黙っていられず、室内中をウロウロし始めた。

すると、嶋崎が動いた。

「俺が行ってくる」

「それなら私が行きます」

石垣が嶋崎を制するように言う。

だが、そんな嶋崎や石垣の前に現れたのは、彼らにとっての諸悪の根源で――

「その必要はない。売り場には売り場のチームワークがある。ちゃんとしたチーフがいる。普段無関係なお前達が現れたら、統率がくずれる。担当者達が気を遣って、調子が狂うだろう」

「桜川専務」

「第一、君達は企画営業室として、やれることはやったのだろう？　ならば、あとは結果を待っていろ。客から質問があれば、売り場の者が対応する。そこにあるものがほしいと思えば、自ら財布を開くのが客というものだ。それがないなら、そもそも〝Real Quality〟のような安価ブランドは、この店に必要ない。客に求められていないということだ。違うかね」

もっともそうなことを並べ立てられ、嶋崎は奥歯を噛み締めた。

やれるだけのことはした。それは間違いない。

だが、それでも売り場に、積極的に品物を薦める販売員がいるかいないかの差は大きい。何を売るにしても、これは当然のことだ。

それがわかっていて、このまま何もせずに終わるわけにはいかない。嶋崎は、今一度桜川専務とにらみ合った。

それを見ていた杏奈が、堪《た》え切れずに声を発した。

「なら、私が行きます」

桜川専務の、そして嶋崎達の視線がいっせいに集まる。

「君が？」

桜川専務が怪訝そうに聞いてきた。

「はい。紳士服売り場ですが、店頭には何度か立ったことがあります。他の派遣先でも、いろいろな品を扱ったことがあります。こちらのような高級な宝石店はさすがに未経験ですが、接客だけならこの銀座桜屋の顔に泥を塗ることはないと思います」

杏奈はここだけはという思いから、力強く主張した。

すると、桜川専務が「ふむ」と、少し首を傾げた。

「宝石店は未経験――か。まあ、そこはチーフにフォローしてもらうとして、君なら売り場の者達が委縮することもなさそうだな」

三富ほどの戦力ではないと判断したのか、桜川専務は杏奈の申し出を了承した。

嶋崎や石垣は、これはこれでどうしたものかと不安そうな顔つきだ。

「ありがとうございます」

それでも杏奈は、深々と頭を下げて、三富の代役に気持ちを切り替えた。

「ただし。店頭に立つ限り、本来の自社製品のことも忘れないでくれよ。訪れるお客様は、〝ジュエリー・ＳＡＫＵＲＡ〟の品を見に来るんだ。蔑《ないがし》ろにされては意味がないからな」

「もちろんです。精いっぱい努めさせていただきます」

凛《りん》とした姿勢で、杏奈は銀座桜屋のメインフロアに向かった。

まさかこんなことになるとは思っていなかったのだろう。嶋崎や石垣達は、杏奈を心配して、売り場までついて来ていた。

何人も固まって様子を窺《うかが》うわけにはいかない。それとなくフロアのあちらこちらに姿を隠し、入れ代わり立ち代わりで様子を見ている状態だ。

見る者が見れば滑稽《こっけい》だが、その中にはなぜか桜川専務も紛れていた。

しかも、話を聞きつけた桜川常務と社長までいて、メインフロアはある意味カオスだった。

売り場担当の社員達は、たまったものではないだろう。それがわかるだけに、杏奈は宝飾売場の担当者達にも気を遣うことになった。

特に自分というピンチヒッターを、心よく受け入れてくれた女性チーフには、迷惑をかけないようにと最善を尽くした。

まずは店頭に並んだ商品の確認から入る。ほどなくして、その作業は終わった。

「――ありがとうございました」

「あら、もういいの？　もっと商品を見なくて大丈夫？」

「はい。名前と価格概要だけなら普段から目にしているので、だいたいは覚えられました」

「ああ。字面《じづら》だけならすでに頭に入ってたってことね。なんだ、それなら心配ないわね。安心したわ。いろいろ大変だろうけど、よろしくね」

「はい。こちらこそよろしくお願いします」

派遣で二年とはいえ、杏奈が日々こなしてきた仕事は、宝飾部企画営業室の事務だ。

その関係で、店頭に置かれるものにも、それなりに関わってきた。

さすがに宝石の目利《めき》きはできないが、ここで何をどう売り、また扱っているのかは、他部署の社員よりは詳しい。

このあたりは、杏奈の「未経験」を鵜呑《うの》みにした桜川専務が聞いたら、悔しがるかもしれない。

――とはいえ、杏奈の幸先は悪く、前途多難そのものだった。

（本当に来るお客様、来るお客様、全員ルーペ目当て。三富さんが泣いてた気持ちがよくわかるわ）

午前中に杏奈が接客して売れた品は、ペンダントルーペのみだった。

周りからは、「すごい！　あなた絶対に事務より販売のほうが向いてるわよ。ここに来なさいよ」と褒めてもらったが、心からは喜べない。

きっと覗き見していた桜川専務も喜んでいただろうが、杏奈は石垣が酔って叫んでいた〝敬老の日と大安・仏滅が重なる悲劇〟を痛感して、どうしたものかと悩むばかりだ。

刻々と時間ばかりがすぎていくことに、これほど怖さを感じたことはない。

だが、夕方の五時を回った頃だった。

「あら、あなた。この前、紳士服売り場にいなかった？」

いきなり声をかけられて、杏奈はとても驚いた。

こんなときに限って現れたのは、最近クレーマーと化《か》していた、藤木という銀座桜屋の常連客だった。

それも今日は夫婦そろっている。

杏奈のそばにいた売り場のチーフが、一瞬固まった。

しかし、それに反して杏奈の顔には笑みが浮かぶ。それも心から浮かんだ、自然な笑顔だ。

「――藤木様。本日もご来店ありがとうございます」

「臨時で売り場に出ただけだって言ってたのに、ちゃんと覚えてるのね」

「もちろんです。でも、それを言ったら奥様も、ちゃんと覚えてくださってるじゃないですか。数時間、臨時で売り場に立っただけの私のことを」

「そう言われたらそうね。あなた話しやすいし、背も高くて印象的だったから」

「ありがとうございます。ここまで大きく育ててくれた両親に、今度お礼をしておきます」

「そうそう、その切り返し。ここではまず聞かないもの。ねぇ、あなた」

「――本当だな」

思いがけない再会に、杏奈の心が弾んだ。

なんてことはない。杏奈はすでに藤木夫妻とは面識があった。紳士服売り場で接客経験があり、しかも、かなり気に入ってもらえたのだ。

「それで、今日は何を薦めているの？　あなたスーツのマテリアルだけでなく、宝石にも詳しいの？　だったらぜひ口上を聞いてみたいわ。桜川専務とは違った角度から、お品のことを教えてくれそうだから」

藤木夫人は商品というよりは、杏奈の売り込みに興味があったようだ。ケースも見ずに、お薦めを聞いてきた。

杏奈にとっては、千載一遇のチャンスだ。

「それは申し訳ございません。生憎、高価な宝石のほうは勉強不足で。あ、でも本日なら私にもお薦めできる新シリーズがございます。こちらは他ブランドで、今回試験的に店頭に置いているものですが――。先日お買い上げいただいたご主人様のカジュアルジャケット、あちらにぴったりなピンブローチなんですよ」

杏奈は早速売り場の中からフロア側に出て、夫人のそばへ寄った。

そして、ガラスのショーウィンドーの上に置かれていたケースを、藤木夫婦の前に差し向けた。

「主人のジャケットに？」

「はい。とてもお似合いだと思います。それに、こちらのシリーズを手掛けているデザイナーは、男女問わず二十代前後の若者の支持が高いので、一つ持っているだけでも話題に事欠かないと思います」

夫人がチラリと品を見た。

彼女より少し年上の老紳士、藤木もまたピンブローチを見始めた。

よもや宝飾売場で、男性である自分に商品を薦められるとは思っていなかったのだろう。それもあって、かなり興味深げに見ている。

しかし、夫人はため息まじりに言い放つ。

「でも、これじゃあ主人が恥をかくだけね。こんな若い人向けの安物――」

「そんなことはないですよ。普段確かな品しか身に着けないとわかっているかたが、若者向けのブランドをさらっと身に着けるなんて、すごくおしゃれなことです。私達若輩《じゃくはい》が休日にそんな上司に偶然会ったりしたら、遊び心があって、気取りがなくて、公私の切り替えが巧みなかたなんだなと思います」

「ブローチひとつで、それはないわよ。あなた、ここへ来て見え見えなお世辞？」

彼女が一筋縄ではいかないことは、すでに杏奈も承知していた。

紳士服売り場でも、初めはこんな感じだった。

だが、だからといって、彼女は聞く耳がないわけではない。こうした会話を含めて買い物を楽しむタイプなのだ。

それがわかっていたので、杏奈は話し続けた。

「いいえ。もちろん、ブローチだけでそこまで思いません。これはあくまでもご主人様の人となり、奥様の人となり、そして先日奥様がご主人のためにと選んだ上質なジャケットがあってこその感想です。お二人が、とても素敵なご夫婦だなと思ったからですよ」

案の定、夫人は杏奈の話に耳を傾けている。

ここから何を言い出すのか、それを愉《たの》しんでいるようにも見えた。

「それに、藤木様達のようなかたが、こういった我が社の新しい試みに興味を示してくださったら、これからの銀座桜屋が、〝ジュエリー・SAKURA〟が、これまでとは違う形で成長していけるのかなと――!?」

だが、杏奈が話を進めているとき、この状況を不利と取ったのか、桜川専務が近づいてきた。

「これはこれは藤木様。奥様。いつも当店をご利用いただきまして、ありがとうございます。本日はどのようなお品をお探しですか？　奥様にぜひ見ていただきたい新作も、奥にご用意してございますが」

常連客であると同時に、大株主でもある藤木夫妻にとっては、当然受けるべき挨拶《あいさつ》だった。

しかし、一品でもいいから新作を売りたい企画販売室にとっては、明らかに営業妨害だ。

ただ、杏奈自身はこの状況をさらなる好機と捉えた。桜川専務が着ていた濃紺のスーツが、先日藤木夫妻が買ったカジュアルジャケットと、色味がよく似ていたのだ。

「あ、桜川専務。丁度いいところに。襟元をお借りしてよろしいですか？」

笑顔で桜川専務に声をかけると、ケースに並んでレイアウトされていた男性用のピンブローチを手に取った。

シルバー製で八重桜《やえざくら》の花を象《かたど》った直径十五ミリ程度のそれを、桜川専務のスーツの襟元へ翳《かざ》す。

「なんだね？　何をするんだね、君」

「私では、どうも上手く説明できないので——。いかがでしょうか？　藤木様。このような感じなんですが」

「っっっ」

いきなりモデルにされた桜川専務が、文句を言うわけにもいかず押し黙る。

だが、常に上質なスーツを着こなす桜川専務と、鈍く輝くシルバーのピンブローチのマッチングを目にした藤木夫妻は、

「あら。悪くないわね」

「うむ。襟に納まると、見た目ほど派手でもないんだな。安っぽくも見えないし、むしろ粋《いき》な感じがする」

その意外性に関心を示すとともに、好感を示した。

杏奈は笑顔のまま、手にしたピンブローチをいったん元へ戻す。

「ありがとうございます。ただ、今のは桜川専務だから生まれた好印象です。おそらく若い男性がつけても、こういった上品さのある遊び心の演出にはなりません。そのまま普通のおしゃれになるというか、遊びそのものになるかというか」

「遊び心ではなく、遊びそのものか」

杏奈は藤木と話をしながら、ショーケースの向こうにいたチーフに目配せをした。

そして、売り物の中から、プラチナとダイヤモンドで作られた江戸彼岸のピンブローチを出してもらう。

「はい。逆を言えば、こちらは弊社でも人気のお品ですが――。あ、すみません専務。もう一度失礼させてくださいね」

「っっっ」

わかりやすく違いを見てもらうため、杏奈は再び桜川専務をモデルにした。

そして、こうして改めて見比べることになった藤木夫妻の反応は、

「うむ。普通だな」

「そうね。いつも通りのクオリティね。立派なダイヤ。どこに出しても恥ずかしくないわね」

「――ありがとうございます」

「普通」や「いつも通りのクオリティ」が褒め言葉とは思えない桜川専務――このピンブローチの製作者――は、この力の抜けた感想のために、その場で肩を落とした。

見てわかるほど落ち込んでいる。

だが、今はそんなことを気にしていられない。杏奈は高価なピンブローチを売り場のチーフに返すと、再び〝Real Quality〟のピンブローチを手に取った。

「上手く説明できず、失礼いたしました。ただ、カジュアルな装いのときには、こういった形のおしゃれを楽しまれるのも悪くないかなと――。特に、こちらのピンブローチは、女性のかたでも普段使いできますし。せっかくですから、奥様も当ててみてください」

思い切って夫人にも薦めた。

しかし夫人は、プイと顔を背ける。

「それならそちらの大ぶりのブローチがいいわ。枝振りと花のバランスが素敵」

夫人の視線は、なんと女性用のプラチナタイプのブローチに向けられていた。

彼女に選ばれたのは、満開の八重桜《やえざくら》の一枝をそのまま胸元を飾るデザインにしたブローチだった。

細工が繊細で、淡いピンクの花が可憐だ。

杏奈はピンブローチをケースに戻すと、改めて女性用のそれを手に取った。

「さすがは、お目が高いですね。こちらはデザイナーが、特に銀座桜屋のお客様を意識して作った一品なんですよ――。とてもお似合いです」

ブローチを夫人のスーツの襟元に翳《かざ》して、杏奈はウィンドウケースに置かれた鏡に、夫人の視線を誘導する。

「――けど、これってメッキよね。ピンクの石はローズクオーツ？　ピンクなら、パパラチヤサファイヤかコンクパールが好きなんだけど」

夫人の価値基準は、やはり材料の質そのものだった。パパラチヤサファイヤもコンクパールも、どちらもとても希少で、高価な宝石だ。

杏奈の表情が一気に曇る。

かといって、それを見ていた桜川専務の顔が明るくなったわけでもなかった。

何とも言えないムードが漂う。

売り場のチーフを始めとする女性達も、固唾《かたず》を呑んで見守っている。

「申し訳ございません。普段使いがコンセプトのブランドメーカーですので、銀座桜屋とは違う観点で作られております。こちらは、汗や海水に強く、そして金属アレルギーを起こしにくいと言われている素材です。ドイツ産の、主に医療用に用いられることの多いステンレス316Lを使用しております。それに、金やプラチナでメッキを施《ほどこ》しています。ただ、その分非常に変色しにくく、傷もつきにくい優良素材で、最近では時計ブランドでもよく使われているものなのですが——」

「そう」

説明を聞いているものの、どこかそっけない夫人の襟元から、杏奈はブローチを引いた。しつこくしても機嫌を損ねるだけだ。こういったときは、引き際も肝心だ。

だが、それをケースに戻そうとしたとき、夫人に向かって藤木が声をかけた。

「いいのか？　気に入ったのなら買ってやるぞ。よく似合ってたのに、いらないのか」

「え？」

よほど思いがけない言葉だったのか、夫人が全身で驚きを表していた。

すると、それを見た藤木がメインのショーウインドーへ視線を向ける。

「それとも本日目玉のペンダントルーペのほうがいいか？　まあ、普段使いなら老眼鏡のほうが、役に立つからな。やはり敬老の日らしく、向こうにするか」

「しっ、失礼な！　まだ、目にはきてませんよ！　老眼鏡は不要です」

これには夫人も頬を赤らめ、反撃に出た。周りの目を気にする余裕さえなかったのか、珍しく声を荒らげて、藤木の笑いを誘っている。

「なら、あれでいいだろう。どうせだ。私のピンブローチとそろいでもらっていこう。たまには、こういう買い物も悪くない。なけなしの金でお前に見栄を張っていた時代を思い出すしな」

「——あなた」

どうやら他の誰にわからなくても、これまで連れ添ってきたパートナーには、夫人が気に入ったもの、今欲しいものがわかったようだ。

(ジャケットのときと同じだわ。だいぶ言い回しは違うけど——。これでいいわよねって言った奥様が旦那様の好みを理解しているように、旦那様もちゃんと奥様の好みを理解してる。それが普段と違っても、ちゃんと察しちゃうなんて。やっぱり素敵なご夫婦だわ)

杏奈は心から通じ合っている二人を見て、なんだか胸がときめいた。

それは桜川専務も同じだったのだろう。落ち込んでいた顔に笑みが戻る。

「じゃあ、これとこれを。包んでくれ」

「かしこまりました。只今ご用意いたしますので、少々お待ちくださいませ」

杏奈は、二つのブローチの会計と包装を売り場の女性店員に頼むと、藤木夫妻が暇を持て余さないように世間話を持ちかけた。

その場にはまだ桜川専務も残っていたことから、何でもないような話でも大いに盛り上がった。

会計が済んだ藤木夫妻がその場から離れると、杏奈は売り場のチーフに背を押され、いったんバックヤードに入った。

ずっと嶋崎達が見ていたことを教えてもらい、自ら吉報を伝えに行ったのだ。

「売れました。売れましたよ、新作二点！　それも男女セットで。これこそ稲垣デザインの本領発揮ですね」

「ああ――。ありがとう。よくやってたくれたよ。本当にありがとう」

誰も彼もが興奮気味で、杏奈に感謝してくれた。

ただ、見れば入れ代わり立ち代わり様子を見ていたはずの面々が、なぜか一ヵ所に集まっている。

どうやら杏奈が勝負をかけたあたりで、それを見ていた桜川常務が招集をしたらしい。

平塚や石垣など、一気に緊張が解けたのか、膝から崩れ落ちそうになっている。

「売った――」

「売れたわ。それも二点同時、ペアで」

これでコラボ企画が続けられる。

誰の努力も無駄にならない。

石垣や平塚の目に、熱いものが込み上げている。

「叔父貴のあんな顔、生まれて初めて見たよ。けど、人の好みや価値観なんて、けっこうこんなもんなんだろうな。臨機応変というか、なんというか――」

「そうだな。今日の藤木様にとっては、高価な宝飾品よりも、目新しい遊び心に気持ちが動いた。それ以上に、ご主人から〝似合ってた〟とか、〝そろいで〟って言われたことのほうが、何倍も嬉しかったんだろうな」

桜川常務と嶋崎にしても、緊張が解けたように肩を叩き合う。

「それは――、いくつになっても女は女ですからね。なんか、もう。見ているほうが照れくさかったわ。あんなに嬉しそうな藤木様のお顔、何十年ぶりかしら」

石垣は品物が売れたことと同じぐらい、夫人が見せた笑顔に胸が熱くなっていたらしい。

この辺りは女性ならではの視点であり、杏奈も同感だ。

「最近、ヒスッてましたからね。もしかしたら、ご主人に構われてなかったからかな」

「平塚っ」

こうして、他愛ない話ができるのも、ひと山越えたからこそだ。

「まあ。なんにしてもよかったよ。これで安心してコラボ企画が進められる。それに、叔父貴に若者向けの新シリーズも作ってもらえるなんて、一石二鳥もいいところだ。棚からぼた餅《もち》だな」

「ああ。本当に」

桜川常務も嶋崎も、心から安堵していた。

平塚が杏奈を見て、しみじみ呟く。

「それにしても優秀だな、百目鬼は。事務員としても販売員としても。どうりで派遣会社が強く出るわけだ」

「夜のお仕事をしていることで、日頃からいろんな立場や年齢層のお客様と接してきたのでしょうね。自然な対応能力が身についてるわ。どうりで紳士服売り場の主任が、何度も声をかけて来たわけよ。うちみたいな店で、ご主人同伴の奥様と上手く渡り合えるって、貴重だもの。ましてやあの藤木様よ。このまま売り場に引き抜かれないように、しっかり根回ししてくださいね。嶋崎室長」

平塚に同意しながら、石垣までもが嶋崎をせっついた。

「了解」

嶋崎が、いつになく照れくさそうに答えている。

ほんのひと月前は、誰もがこんなふうに笑い合う日が来るとは思っていなかった。

もともと室員同士の仲は悪くないが、だからといって今のようだったかと聞かれたら、それはない。

やはり、この不思議なまでの連帯力、結束力は、杏奈のことで話し合いの場を持ったからだろう。

嶋崎だけでなく石垣や平塚達も、仕事に追われて見えなくなっていたものがあった、なくしていたものがあったと。それに気づき、互いに確認できたからこその、新しい関係だ。

(博信さん。みんな――)

杏奈はただただ嬉しかった。

最愛の恋人に、信頼できる仲間達。

今はこの場にいられることが、幸せだった。


怒涛《どとう》の中ですぎた敬老の日、閉店後のことだった。

この日、杏奈は初めて嶋崎を自室に招いた。

一人暮らしになって長い、１ＬＤＫの賃貸マンション。

思えば男性を部屋に上げたのは、初めてだ。

見慣れた天井が低く感じるのは、嶋崎が長身だからだろう。杏奈も女性としては長身のほうだが、どうりで頼もしく感じたはずだ。改めて聞くと、一八〇センチを超えているという。

「——それにしてもやってくれるよな、三富は。いくら調子がよくなった、これなら大丈夫だろうと病院を出られることになったからって、バイキングで食べ放題ってありなのか？　神経性胃腸炎で入院したくせして、だってお腹すいたんですものって。さすがに俺も返す言葉が見つからなかったぞ」

「そっか——。って返してたじゃないですか。かなり憔悴《しょうすい》気味でしたけど」

杏奈は、リビングの中央に敷かれたラグに腰を落ち着けた嶋崎に、コーヒーと灰皿代わりの小皿を出した。

そして彼の隣に座り、足を崩した。

嶋崎は笑いながら、小皿を避けてコーヒーだけを手に取る。

杏奈が喫煙者ではないとわかっているので、ここでは遠慮するようだ。

一見何でもないようなことだが、嶋崎らしい気遣いだ。こういった細かなことで、杏奈は幾度となく感動してきた。

自分は大事にされているし、愛されていると実感できる。

「でも、退院したその足で食べ放題なんて、三富さんらしいというか。元気で何よりだったじゃないですか。私もかなり胃がキリキリしたので、売れたって聞いた瞬間にホッとした彼女の気持ちはわかります。それが退院して帰宅途中だったら——食べ放題にも行っちゃうかもしれません」

「そう言われたらそうか。あいつ、結局昨日は緊張して何も食べられなかったらしいからな。それで病院ってなったら、二日間絶食状態か。そりゃ食い放題にも――行って大丈夫なのか？」

「……。多分――大丈夫って信じておきましょう」

「そうだな」

杏奈もコーヒーを手に取りながら、二人での会話を楽しんだ。

ふと、バラバラのカップに目がいった。

「今度、買い物に行こうか」

「え？」

「ホッとしたら、ベタな恋人っぽいことをする杏奈の姿が見たくなってきた。おそろいのマグとか、歯ブラシとか選んでる杏奈の姿を」

「それ――ベタというより、恥ずかしいだと思うんですけど。私にさせるんですか？」

「俺がやったら、恥ずかしいより可笑《おか》しいだろう」

二人して、他愛もないことで噴き出した。

こうしていると、いずれ彼のところで花嫁修業をするのも悪くないと思える。

そして、彼の花嫁も――

と、そこまで考えたところで、杏奈は本気で恥ずかしくなってしまった。

「そうだ。明日三富さんにお礼言わなきゃ」

思わず話を仕事に戻してしまう。

「お礼？」

「ええ。彼女、〝ジュエリー・ＳＡＫＵＲＡ〟や〝Real Quality〟だけでなく、本当にいろんなブランドものを素材の段階から勉強してるんです。それも好きだからというだけじゃなく、仕事用に――」

だからどうして、話題が三富に戻るんだと自分でも思うが、彼女はそれだけ強烈なのだ。

「私が迷うことなく藤木夫妻にアタックできたのだって、事前にいろんな話を聞いていたおかげです。特に、ここで稲垣デザインの品を売るなら、絶対に女性客より男性客がほうが薦めやすいから頑張らなきゃ、って言ってたのが印象的で。それで思い切って藤木様に薦められたんです。本当、一番の功労者は三富さんですよ」

「まあ、彼女は彼女で人一倍の努力家だからな。それに、いざとなったらお腹がよじれるほど、仕事と会社に責任と愛情を持って勤めてるし。今夜の食べ放題の代金ぐらいは、俺が自腹をきってやるか」

一番肝心なときに出社できなくなったが、彼女は常に頑張っていた。

それは嶋崎も、ちゃんと見ている。

「あーん、だったら先に言ってくださいよ。そしたら、回らないお寿司にしたのにぃ」

「え⁉」

「って、言うかもしれませんよ」

だからどうして、このタイミングなんだという口真似に、嶋崎がポカンとした。

杏奈にしてみれば年上の嶋崎への、上司への遠慮がなくなってきただけだが、それでも嶋崎にとっては強烈な言動だったらしい。

「——びっくりさせるなよ。本当に三富かと思った。あいつ、本当にどこにでも出没しそうだからさ」

「これって、忘年会の一芸になりますか？」

「なるなる。かなり特徴を捉えてたよ」

「——やった」

杏奈は、穏やかな時間が流れる中で、コーヒーカップをテーブルに置いた。そして、自ら嶋崎に寄り添う。

すると、嶋崎もカップを手放し、杏奈の肩を抱いてきた。

くすくす笑いながら、唇を寄せる。

「——んっ、んん」

いつの間にか、深くて大胆なキスに慣らされていた。

杏奈は嶋崎に唇を割られることも、歯列を割られることにも慣れてきた。それどころか、今となっては、自分からも同じことを返してしまう。

今夜は誰かに嫉妬《しっと》などしていない。

とても幸せで、とても穏やかな時間が流れたと思うのに、それでもこうして口づけると、身体の芯から熱くなる。

激しさを増す鼓動が、ドキドキが、止まらない。

「本当に、ありがとう」

名残惜しげに離れた唇が、ふと呟いた。

「もう、いいですよ。売れたのは運がよかっただけですし」

「そうじゃなくて――。一緒にいてくれて、そばにいてくれてってことだよ」

「博信さん……」

きつい抱擁が、杏奈に大きな安堵を生む。

「昨日も今日もその前も。先週なんか、サンドリヨンがあったのに。それでも連日会社に来てくれた。俺のそばにいてくれた。本当に心強かった。助かった。そういう意味の、ありがとうだから」

杏奈も嶋崎に自分と同じ気持ちになってほしくて、力いっぱい抱き返す。

「――それなら、私だって。一緒にいさせてくれて、そばに置いてくれて、ありがとうございます。本当に嬉しかったし、すごく幸せでした。これまで、今日ほど職場にいて充実したことはなかったと思います。勤めてよかったって――思ったことはなかったから」

どちらからともなく、頬を寄せ合い、口づけ合う。

「だったら、これからも幸せでいないとな」

「――？」

「幸せでしたじゃなくて、幸せですにしよう」

こんな時間が本当に続くのだろうか？

続けるためには、どうしたらいいのだろうか？

その答えは、あとにも先にも常にひとつだ。

「な――杏奈」

「……はい。博信さん」

杏奈は大きく頷くと、自ら唇を寄せていった。

「んっ、っ……っ」

「杏奈」

そして、啄《ついば》むようなキスのあと、

「私、今夜も博信さんが欲しいわ」

顔を真っ赤にしながら囁いた。

「――」

それを聞いた嶋崎が杏奈以上に赤面する。

「意外と、くるもんだな」

そう言って照れた。ごまかすように杏奈をさらにきつく抱きしめてくる。

「――もちろん、上げるよ。欲しいだけ」

外耳に吐息がかかる甘い囁きに、杏奈は身体の奥から痺れるのを覚えた。

ときにさりげなく、ときにわざとらしい嶋崎のセックスアピールは、杏奈の欲情を煽《あお》ることはあっても、抑えることはない。

「博信さん」

「でも、きっと俺は杏奈以上に君を欲しがると思うけど」

彼の欲情を示すように、杏奈の背に回った両腕が背中から腰を行ききする。

その腕に包み込まれて実感する包容力に、杏奈はいっそう頬が火照った。衣類の上から撫でられるだけで、身体の中から湧き起こる疼《うず》きが強まっていく。

「――いい?」

嶋崎に確認されて、杏奈は小さく頷いた。

彼の唇がこめかみに触れ、そして唇に落とされる。

「んっ」

軽く合わされただけのキスは、悦楽の序章にすぎない。

「負けないわ」

唇が離れると杏奈は笑った。こうした細やかなセックスアピールを嶋崎が喜ぶことは、すでに知っている。

彼の嬉しそうな顔は、杏奈から羞恥心を奪うだけでなく、不思議な愉悦を与える。欲望に従うことが、とても素直で自然な行為だと思えてくるのだ。

「なら、どちらの欲が強いか比べてみようか?」

今も嶋崎は嬉しそうだった。

それでいて艶《つや》やかで悪戯な目をしている。

胸元からネクタイを緩め、シャツの前を開くさまさえ楽しそうだ。

「え？」

「やっぱり俺のほうが強いな」

「そんなことないわ――！」

話の合間に嶋崎が立ち上がった。

杏奈は軽々と抱き上げられた。まるで、身体に羽が生えたようだ。身体だけでなく、心までふわふわとしてくる。

彼が一歩進むごとに、鼓動が激しく高鳴っていく。

「なら、素直に負けを認めておこうかな。負けるが勝ちって言うしね」

「それって結局、私が負け？」

「さあ、どうだろう」

「もぉ」

リビングから寝室に入った嶋崎は、杏奈の身体をベッドに横たえた。

「あっ、っ」

一秒と開けずに覆いかぶさり、嶋崎が杏奈の唇を奪ってくる。

貪《むさぼ》るような深いキスが、杏奈の唇だけではなく歯列を割った。

「んくっ」

舌に絡みついてくる彼の愛撫に応じようと、杏奈も呼吸を荒くした。

無我夢中で交わすキスに、呼吸のタイミングが計れない。

それでも杏奈が感じているのは、息苦しさではなく心地よさだ。

髪を、頬を優しく撫でられると気持ちがいい。もっと彼が欲しくなって、その背に両手を回した。

「このままぜんぶを食べ尽くしたい」

嶋崎の手が、杏奈の左胸を包むようにして掴んだ。

軽く揉みほぐしてから、ブラウスのボタンを外す。

「……博信さん」

肌が晒されるにつれて、杏奈の欲情はさらに高まった。

これまでに比べて、今夜の彼は少し強引な気がしたが、それがかえって興奮を誘う。

ブラウスの前を開いた嶋崎が、ブラを押し上げて杏奈の乳房にしゃぶりついてくる。

わざと淫靡《いんび》な音を立てられて、ぶるりと身体が震えた。乳房の先から全身に伝わる快感に、仰《の》け反《ぞ》ってしまう。

「あっ、んっ」

湿った喘ぎ声が漏れる。

それを聞くと嶋崎は、両手で包んだ胸の突起に舌を絡め、強く吸い上げてきた。

「やんっ、んっ」

いっそう攻められて、身悶える。身体の奥がジンジン疼《うず》いて、どうしようもない。

「やわらかくて、美味しい」

「博信さんっ」

無意識のうちに、杏奈の片膝が立ち上がった。

すると、乳房を揉んで愉《たの》しんでいた嶋崎の利き手が、ゆっくり下肢へ向かう。杏奈のスカートの裾をたくし上げて、太腿の外側から内側へと忍び込む。

「っ」

履いていたストッキングのために、嶋崎の手が滑るようにして杏奈の陰部にたどり着いた。

下着の中を探り、指の先でなぞられ、杏奈はあやしく腰をよじった。

「ここが、美味い……」

じんわりと湿り始めた場所を暴こうと、嶋崎の手が下着にかかった。

彼は上体を起こすと同時に、両手で杏奈の下着を剥《は》いでいく。

「博信さんっ……」

躊躇《ためら》う間もなく脱がされた。覆うものを失くした陰部に顔を埋めた嶋崎が、ここでも激しくキスをした。

すでに湿りはじめていた秘所が開くのは早い。舌を差し込まれたときには、杏奈は甘ったるい声をあげていた。

「ぁぁっん」

半端に脱がされ、身体にまとわりついた衣類が、妙に心を掻き立てる。これならいっそ、全裸のほうが――と思うほど、乱された衣類がいやらしい。

めくれ上がったスカートから覗く白い足が、乳房が、杏奈以上に嶋崎を掻き立てるのだろう。陰部への愛撫は激しさを増すばかりだ。

「やっ、そんなにしたら……駄目」

差し込まれた舌の先が、時折一番敏感な核を攻めてくる。舌と指の先で突かれ、小指の先ほどもないはずの陰核が痺れてたまらない。

「もっとしての間違いだろう？」

「だっ……て」

「ほら。やっぱり俺のほうが欲情してる」

勝ち誇ったように嶋崎が言う。

「ぁ、んんっ――っ」

軽く陰核を甘噛みされたとたんに、杏奈は堪《こら》えるすべもないまま絶頂へ達した。全身を震わせて、快感の頂を実感する。

「杏奈」

嶋崎の唇が、舌が、なおも陰部から内腿《うちもも》を這って口づける。

軽く音を立てられるたびに、杏奈はさらに押し寄せる快感の波に攫われ、呼吸を乱した。

次第に頭の中が白くなっていく――

「っ……、んっ」

今一度杏奈が身をよじった。

嶋崎は顔を上げると、羽織っていたシャツを脱ぎ捨て、ベルトに手をかける。

すると、カチャと聞こえたその音に、杏奈が思わず反応した。

「……待って……」

「ん？」

「やっぱり、不戦敗はいや」

そう言って上体を起こしたのは本能だろうか？　それとも煩悩だろうか？

杏奈は一瞬戸惑って見せた嶋崎の身体に手を伸ばした。彼の前に座り込むと、ズボンの中の強張りに手を向けた。

「杏奈――。無理しなくてもいいよ」

だが、杏奈にやめる気はない。嶋崎自身に意識を向けたのは、衝動といえば衝動だった。こんなに自分ばかりが乱されているのはいやだ、あなたも同じぐらい乱したい。そんな欲望が生じたのだ。

「こういうことをするの、はしたないと思う？」

「そうじゃなくて――、嬉しすぎて持たないから」

ただ、本気で照れて困っている嶋崎を目にしたら、杏奈は〝自分はこれが見たかったのだ〟とわかった。

嶋崎は、愛撫を受けてもだえる杏奈を見ると、心から楽しそうな顔をする。

だが、杏奈が自分から愛情を示すと、それ以上に嬉しそうな顔をするのだ。

その嶋崎の表情が見たくて、杏奈も行動を起こしてしまう。慣れない、つたないなりにキスをし、愛撫をしようと心と身体が同時に動くのだ。

それこそ躊躇《ためら》う間もないほど衝動的に——

「そしたら、私の勝ち？」

「圧勝だよ」

杏奈は彼自身を探りだすと、両手で包んで唇を寄せた。

触れた瞬間、そっと瞼を閉じる。

「っ」

杏奈の唇が、舌が亀頭の先に触れただけで、嶋崎は息を呑んだ。

（これでいい？）

心の中で問いかけるも、答えは彼の反応に頼るしかない。

杏奈は、初めて口に含んだ男性自身を懸命に愛した。

実際、自分でもどうしているのかよくわからなかったが、嶋崎が自分を愛してくれるように、吸ったり舐めたり、いろいろと試す。

（博信さん。好きよ）

次第に杏奈の呼吸もまた、乱れ始めた。

愛撫しているのは自分のはずなのに、再び身体が奥のほうから疼《うず》き始める。

おそらく行為自体が刺激的で、彼にされるよりも自分がしていることのほうに興奮を覚えてしまったのだろう。

無意識のうちに杏奈の腰が、乳房が、小刻みに揺れる。

「駄目だ――」

「え？」

突然嶋崎に肩を押されて、杏奈は心臓が止まりそうになった。

「もう、我慢できない」

これ以上ないほど顔を赤らめた嶋崎が、杏奈の身体をベッドへ倒して、圧し掛かってきた。

組み伏せられた瞬間、一気に貫かれる。

「あっ――、んっ!!」

すでに杏奈自身は、十分潤《うるお》っていた。

それでも突然突き入れられた衝撃と圧迫感は大きい。心なしか、嶋崎自身もこれまでで一番張りつめて膨らんでいる。

「博信さんっ」

「だから無理だって言っただろう」

きつく抱きしめられる中、杏奈は一際深く抽挿された。

彼が激しく身体を動かすたびに、杏奈は奥まで突き上げてられていく。

快感が増すごとに両手両足に力が入り、杏奈は全身全霊で嶋崎を抱き止めた。

「君には惨敗だ。堪《こら》えるなんて、できない――」

「っあんっ、博信さ……ん」

「ごめん」

抑えきれない欲情に流され、嶋崎が幾度となく杏奈の耳元で謝罪する。

「――うん。いい……私も、嬉しい」

彼本来の計算高さも、要領のよさも、すでに杏奈は十分承知している。

だが、そんな彼だからこそ、駆け引きのない行動に、理性より本能が先立つ瞬間に立ち会えることが嬉しい。

まるで自分が彼を壊している、夢中にさせている気がして。

「だから、もっと来て――。もっと、強く抱いて」

杏奈は嶋崎を抱きしめて、何度も何度もキスをした。

「博信さん」

呼吸が乱れる息苦しささえ、極上の愉悦に変わる。

ちょっと危険な気はしたが、それほど杏奈は嶋崎と一つになれるひとときが好きなのだ。

セックスの一言では言い表せない至福を、彼のおかげで初めて知った。

「博信さ……」

そうして今夜も嶋崎は、杏奈を抱きしめて離さなかった。

二度も三度も数えきれないほど絶頂感をわけあい、最後は二人して疲れて眠りに落ちた。

そうして翌朝、

「――あ」

ベッドに下に投げられていた二人分の服を見ると、嶋崎は杏奈が笑ってしまうほど肩を落とした。杏奈のスカートもさることながら、彼の上質なスーツのズボンにも、皺《しわ》が寄っていた。さすがに極上なマテリアルも、激しい情交には敵わなかったようだ。

杏奈は「アイロンかけましょうね」と言って、彼の背中に身を寄せた。

＊　＊　＊

翌日、連休明けの火曜日のことだった。

銀座桜屋には、稲垣と比嘉がそろって訪れていた。

「結局それでも二点しか売れなかったって――どうなんだよ」

売れてよかったと胸を撫《な》で下ろしたのは、いっときのことだった。

稲垣は残った在庫を前に、本気で凹《へこ》んでいた。

「まあまあ。敬老の日に大安吉日がかぶったことを考えたら大健闘だよ。百周年祭では逆風ではなく、追い風になるような日程で販売展開するからさ」

どんなに嶋崎達に慰《なぐさ》められても、〝Real Quality〟の支持層には仏滅も大安も関係ないのだ。

稲垣も、こんな理由で、これほどの敗北感を味わうのは初めてらしい。

「それより、杏奈くん。君、この際だから〝Real Quality〟に来ない？　店舗販売員として、優遇するよ」

だが、すっかり落ち込む稲垣を余所《よそ》に、比嘉は杏奈をナンパした。これがヘッドハントなりスカウトなりに聞こえないのは、比嘉のルックスと軽い口ぶりからだ。

杏奈はどうしたものかと苦笑いだ。

「お前は何を言ってるんだ。彼女はうちの社員だぞ」

しかも、今日は比嘉が来ていると聞きつけ、なぜか桜川専務まで部屋に顔を出していた。

「いや、叔父貴。彼女はここの社員じゃなくて派遣さんだって」

なぜか、桜川常務まで一緒だ。こうなると、平塚達は身の置き場がない。

「派遣？　短期間にこれだけ売り場で実績をあげているのにか？　なら、すぐに人事に言って」

「いえ、待ってください専務。彼女は直《じき》に永久就職する予定なので、それは――」

話がおかしな方へ転がったためか、さらに嶋崎が爆弾発言をする。

突然のことに、その場にいた全員が嶋崎と杏奈を直視した。

「ひっ、博信さん！」

「だって、うちは慣例的に、社内結婚は片方退職なんだよ。何から何まで古い体質が残ってるからさ。まあ、杏奈がここに残って、俺が独立を考えるっていうのも一つの手だけど」

隠すよりは晒したほうが有利だと踏んだのだろうか。嶋崎はひょうひょうと続ける。だが、そんな嶋崎に今度は桜川常務が食いついた。

「ばっ！　誰が独立だ！　お前は俺と一緒に銀座桜屋の三役を目指すんだろう。いずれは俺が社長でお前が専務――」

「ほう。そのとき私はどこにいるんだ？　とっとと引退させる気か？」

「いや、それはその。言葉のあやで」

「なら、お前は常務のままで、嶋崎が上に行けばいいだけだろう。そのときは私が社長だ」

「いや、それはないでしょう。俺は本家の長男ですし」

「それなら私は〝ジュエリー・ＳＡＫＵＲＡ〟のトップデザイナーだ。お前の叔父である前に、創設者の跡を継いだ男だ」

いつしか桜川常務と桜川専務の間で、お家事情に絡んだ醜《みにく》い争いが始まる。

「俺なら、あんなところで板挟みになるぐらいなら、とっとと辞めるけどな」

「私もだな」

これだから老舗《しにせ》は、と言いたげに、稲垣と比嘉がそろって嶋崎の肩を両側から叩く。まるで退職を勧めているかのようだ。

「なんにしても、これってどさくさに紛れて、交際宣言ってことですよね」

「いいえ。婚約宣言でしょう」

男達の出世争いなどどこ吹く風で、キャッキャしはじめたのは三富と石垣だ。

「明日別れてる可能性は、ゼロじゃないけどなーっ」

これに関してだけは、どうしてもチャチャを入れなければ気が済まないらしい。稲垣が、わざとらしく嶋崎に絡む。

しかし、当の嶋崎はどこ吹く風だ。

稲垣と比嘉の間をすり抜けると、唖然としていた杏奈のそばへ寄った。

そして、わざとらしく左手を掴んで引き寄せると、親指で杏奈の薬指を撫《な》でて――

「それは大変だ。そうならないように、すぐにでも手を打たないと」

「博信さん」

日中のオフィスだというのに堂々と、杏奈の胸を高鳴らせた。

「――ね。杏奈」

最高の笑顔で、杏奈をキュンキュンさせた。

エタニティ文庫

くじ引きで御曹司を当てちゃった!?

エタニティ文庫・赤

世界はあなたで廻ってる！

エタニティ文庫・赤

日向唯稀　　装丁イラスト／御花ここ

文庫本／定価 640 円＋税

御曹司の翔《かける》に密かに片想いしている雛子。そんな彼女が会社のチャリティ企画「シンデレラ抽籤会《ちゅうせんかい》」に大当たり！　景品は、なんと憧れの彼とのデートだった⁉　これは、オクテな雛子に与えられた、千載一遇のチャンス。夢のデートで二人の距離は近付いて——⁉

※エタニティブックスは大人の女性のための恋愛小説レーベルです。ロゴマークの色で性描写の有無を判断することができます（赤・一定以上の性描写あり、ロゼ・性描写あり、白・性描写なし）。

詳しくは公式サイトにてご確認ください。
http://www.eternity-books.com/

携帯サイトはこちらから！

エタニティ文庫

仕事も恋も、あなたとならば最高級！

エタニティ文庫・赤

エタニティ文庫・赤

ラグジュアリーな恋人

日向唯稀　　装丁イラスト／桜遼

文庫本／定価 690 円＋税

憧れの東宮貴道に告白された明日香。仕事ではチーフに抜擢され、順風満帆！　……ならよかったのだけれど、新しく配属された部署では女性社員が明日香への反発を強めていて――。恋も仕事も譲れない！　ホテルの配膳人と副支配人との極上ラブストーリー！

※エタニティブックスは大人の女性のための恋愛小説レーベルです。ロゴマークの色で性描写の有無を判断することができます（赤・一定以上の性描写あり、ロゼ・性描写あり、白・性描写なし）。

詳しくは公式サイトにてご確認ください。
http://www.eternity-books.com/

携帯サイトはこちらから！

〜大人のための恋愛小説レーベル〜

ETERNITY
エタニティブックス

装丁イラスト／めろ

エタニティブックス・赤

恋の種を蒔きましょう！

龍田よしの

レンタルファームでバイト中の妃菜は、訪れたイケメン社長の育生とひょんなことから大喧嘩をしてしまう。印象は最悪！　のはずなのに、妃菜は育生の指名で彼の畑専属のサポート役をすることに。その上、なぜか婚約者のフリを頼まれて——!? 農業系女子と策士なイケメン社長の、じれじれラブストーリー！

装丁イラスト／南天

エタニティブックス・赤

カレに恋するオトメの事情

波奈海月

25歳の美咲は「恋人いない歴＝年齢」を更新中。だけどある日、仕事先で高校時代の男友達と偶然の再会！ 数年ぶりに会った彼は、すっかりオトナの男性になっていて、彼女の胸はときめきっぱなし。さらには元モデルのセンスを活かし、体をすみずみまでプロデュースしてくれて——？ キュートなラブストーリー！

※エタニティブックスは大人の女性のための恋愛小説レーベルです。ロゴマークの色で性描写の有無を判断することができます（赤・一定以上の性描写あり、ロゼ・性描写あり、白・性描写なし）。

詳しくは公式サイトにてご確認ください。
http://www.eternity-books.com/

携帯サイトはこちらから！

恋愛小説「エタニティブックス」の人気作を漫画化!

Eternity COMICS
エタニティコミックス

俺様上司の野獣な求愛。

ラスト・ダンジョン
漫画：難兎かなる　原作：広瀬もりの

一晩中

僕に溺れて——

B6判　定価640円+税

ISBN 978-4-434-19592-1

大人の恋愛 教えてやるよ

乙女のままじゃいられない!
漫画：流田まさみ　原作：石田累

こんな経験

漫画に描けない

B6判　定価640円+税

ISBN 978-4-434-19664-5

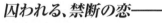

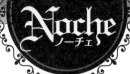

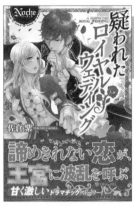

日向唯稀（ひゅうがゆき）
2月11日生まれ。水瓶座。ＡＢ型。著書は「世界はあなたで廻ってる！」（エタニティ文庫）など130冊以上。BL・TL問わず、働き者（稼ぐ男）とハートフルな職場が好物。

イラスト：芦原モカ

胸騒《むなさわ》ぎのオフィス

日向唯稀（ひゅうがゆき）

2015年 1月 31日初版発行

編集－城間順子・羽藤瞳
編集長－塙綾子
発行者－梶本雄介
発行所－株式会社アルファポリス
〒150-6005 東京都渋谷区恵比寿4-20-3 恵比寿ｶﾞｰﾃﾞﾝﾌﾟﾚｲｽﾀﾜｰ5F
TEL 03-6277-1601（営業） 03-6277-1602（編集）
URL http://www.alphapolis.co.jp/
発売元－株式会社星雲社
〒112-0012東京都文京区大塚3-21-10
TEL 03-3947-1021
装丁イラスト－芦原モカ
装丁デザイン－ansyyqdesign
印刷－中央精版印刷株式会社

価格はカバーに表示されてあります。
落丁乱丁の場合はアルファポリスまでご連絡ください。
送料は小社負担でお取り替えします。

ISBN978-4-434-20192-9 C0093